我喜欢的样子你都有

沈念 著

中国出版集团 现代出版社

图书在版编目（CIP）数据

我喜欢的样子你都有 / 沈念著. -- 北京 ：现代出版社，2019.3

ISBN 978-7-5143-7546-6

Ⅰ. ①我… Ⅱ. ①沈… Ⅲ. ①故事—作品集—中国—当代 Ⅳ. ①I247.81

中国版本图书馆CIP数据核字(2018)第281758号

我喜欢的样子你都有

著　　者：沈　念
责任编辑：阎　欣
出版发行：现代出版社
通信地址：北京市安定门外安华里504号
邮政编码：100011
电　　话：010-64267325　64245264（传真）
网　　址：www.1980xd.com
电子邮箱：xiandai@vip.sina.com
印　　刷：三河市宏盛印务有限公司

开　　本：880mm×1230mm　1/32　　字　　数：160千字
印　　张：8.5
版　　次：2019年3月第1版　　2019年3月第1次印刷
书　　号：ISBN 978-7-5143-7546-6
定　　价：39.80元

目 录

Contsnts

爱情，一次细水长流的相守

和那个最爱的人，携手流浪，在路上吃掉时光，用风景堆出成长。如果你爱一个人，如果你不要复制的日子，就和他，用双脚丈量大地，走遍万水千山，一起颠沛流离，虚度光阴。

爱情，一场后知后觉的辜负

既然无缘在一起，不打扰，就是最后的温柔。况且，一辈子也没多长，不在一起就不在一起吧。

爱情，用一生换一次回眸

爱情从来不是一加一等于二的戏码，爱情是一加一等于一的妥协。因为我们总会知道，如果爱，这辈子就不怕会分开。

爱情，一个人的兵荒马乱

我们都需要爱，不是飞蛾扑火式的，而是基于两个成年人的相互尊重、相互体谅、互有分寸感的爱。

爱情，我喜欢的样子你都有

对于爱情来说，不管最初的遇见有多少惊心动魄，随着时间的流逝，它一定会变得平凡、普通，甚至不起眼。我愿岁月平淡地和你在一起，却每一天都充满甜蜜。

爱情，一次细水长流的相守

和那个最爱的人，携手流浪，在路上吃掉时光，用风景堆出成长。如果你爱一个人，如果你不要复制的日子，就和他，用双脚丈量大地，走遍万水千山，一起颠沛流离，虚度光阴。

傻瓜，在你喜欢我之前我就已经喜欢上你了啊

01

文子是典型的好学生，上初中时同学都玩游戏机他不玩；到了高中别人早恋他不恋，一门儿心思全用在学习上，终于一路披荆斩棘顺利地考上了心目中理想的大学。

到了大学，他仍然用功读书，却发现，就因为没事总爱往图书馆跑，他跟宿舍哥儿几个离得越来越远。

他们都玩一种叫“王者农药”的游戏，通宵组队那是常有的事；他们定期和其他学校的女生举办“联谊会”，有一两个人甚至因此找到了女朋友；偶尔他们还去蹦迪、抽烟、喝酒……看着这肆意飞扬的五人组，文子只是无奈地笑笑，他想加入但苦于找不到方式。

一天，上完体育课的文子随意地走在操场。突然，一个扎着马尾的女孩向他跑来，快到他跟前时，女孩说，同学，你能帮我压一下腿吗？他正迷迷糊糊不知如何作答，女孩竟一下拽住他的

袖子飞快地朝一个方向跑去。

等到了才知道，原来女孩正在参加仰卧起坐考试，因为一些事迟到了半个小时，其他同学都已经考完回教室了。苦求了老师半天，才得到这么一次补考的机会。

临时被拉来辅助考试，文子的内心是拒绝的。他朝女孩看了一眼，发现她已经坐到了垫子上并快速地把一双腿丢到他面前，“按住我！”

经她一提醒，文子才不知所措地按了下去。体育老师依然铁面无私，倒数三声后就吹响了口哨。

女孩很努力地做着动作，一仰一起之间看得出她很用力。文子对这样临时被抓包来按住一个异性双腿的事仍没反应过来，好几次女孩起来时，直对上他那张极度懵懂的脸，四目相对，他感觉到尴尬，身上一阵发烫。

就在这种真实的肢体接触中，又听到女孩嘴里默默的报数声，也不知是在她做完第几个时，文子觉察到自己的心口突然使劲跳了一下。一瞬间，他发现自己更不敢直视女孩的脸——难道这就是传说中的怦然心动？

02

那天晚上，文子第一次在书本面前发起呆。下课铃响过，当文子发现他竟连五页书都没能读完时，彻底确定了自己对女孩的感情。

他哪里知道，心里装进一个人有多甜蜜，就有多煎熬。特别是他还一点都不知道女孩对自己是什么态度。可他实在太内向了，没有丝毫的恋爱经验。

可那个女孩却如影随形，无处不在。看书、运动、吃饭，那个女孩总会从脑海里跳脱出来，不分时间地点场合。最最煎熬的是，她霸占了小文同周公的约会，曾经一沾枕头就着的壮举一去不复返。

那几天，小文顶着两个硕大的黑眼圈，被舍友们轮番嘲笑，“看来你这‘睡神’称号要拱手让人了”。

看到他每天都在饱受相思之苦，宿舍两个成功追到女朋友的舍友忍不住出招：送礼、逛街、看电影，一句话，你先对人家有意思的你去追啊！

可是㞞包子小文，下了一次又一次的决心，就是不敢。

一天，他正郁闷地坐在教室里发呆。突然，被人从背后用力拍了一掌，我说哥儿们，找了你半天，原来你在这儿猫着呢！

听这声音有点熟悉，小文一回头，哎呀，怎么是她？

女孩换了一身浅绿色的运动装，更显清爽。

“喏，给你的，”说着，一个精致的小盒被扔在小文面前的桌子上，只听那个声音继续说，“早就想买给你了，但这几天忙着给同学过生日，就耽搁到现在。”

小文简直成了一个大姑娘，耳朵也被羞成红色。

他轻轻地打开小盒子，看到里面是一个毛茸茸的护腕，绣了“李宁”两个字。

“咚咚咚”胸膛里又发出一阵紧张急促的狂跳，小文愣了半天才想起要跟女孩道谢。一回头，教室里一片空荡荡，人早就没影了。

03

“我就没见过你这么尿的！”了解到情况后，他的一个舍友说。

“都送你东西了，说明那丫头对你有意思，赶紧追呀！”另外一个舍友拍着小文肩膀出主意。

就在大家快要七嘴八舌乱成一锅粥时，小文发话了，“没准儿这就是一份感谢，什么意思也没有。”

“咱们宿舍怎么出了你这么个尿包蛋！”舍友们异口同声，喊完大家稀里哗啦笑作一团。

04

如你所想，尿包蛋小文当然没有执行追女计划。他强压住对女孩的喜欢，每天仍旧扮作好学生，宿舍教室两点一线。

这样懵懂的状态，一直持续到大四。

一天晚上，他夹着课本往宿舍走，走着走着就听到楼的拐角有女孩在哭。好奇心驱使他上前一看，却激动地发现，正是那个他暗恋的女孩！

一股莫名的心疼涌上心头。顾不上多想，他一个箭步冲到女孩跟前，蹲下身子就问，你怎么了？谁欺负你了！

女孩似乎是被这个突然闯入的声音吓到了，猛一抬头，就看到小文那张紧皱着眉头的脸。

“是你啊，好久不见！”话刚说出一句就感到气氛不对，接着又哭起来，“我失恋了，”然后“唰”地一下站起身，以迅雷不及掩耳之势拽住小文的胳膊，“走，陪我喝酒去！”

这下，轮到小文犯愣了，心想，这妹子真是太别致了。

他差点以为是自己被人甩了。

05

两个人很快在学校门口的一家面馆落座。

小文叫了两瓶啤酒。一看到有酒喝，刚才还哭得昏天暗地气壮山河的妹子，突然“哈哈”笑了两声，再看那张脸，早已“东边日出西边雨，道是无晴却有晴”了。

“你就这么喜欢这口啊？”文子弱弱地问。

“也谈不上喜欢，”妹子把酒瓶塞进嘴里，“咔嚓”一声咬掉瓶盖，“借酒消愁嘛，总要给酒一个面子啊！”

此时的文子，已经完全石化。半晌，他问了一句，“小姐，你牙不疼吗？”

对面的女孩哈哈两声大笑，“我用冷酸灵，”说着“叮咣”拿起一个杯子就朝里面“咕嘟咕嘟”倒满酒，然后举到文子跟前，“干！”

没等文子张嘴，自己先一饮而尽。

好洒脱，好痛快的女孩！文子不禁心有戚戚然。

干完一杯酒，女孩脸上又重现出大朵的明媚笑容。

“好久都没联系了，是不是最近在忙着追女孩呢？”

突然被这么一问，文子有些吃惊，这是在取笑他吗？有哪个正谈恋爱的男人会一年四季都在胳膊下面夹着本书啊……

“没有。”文子低垂着头回答，用手推推鼻梁上架着的眼镜，又补充了一句，“没有女孩喜欢我。”

“哦！”对面的女孩露出一阵窃喜，为了警惕文子看到，还特意抬起右手遮了一下嘴巴。

“明天你有安排吗？”她又问。

哎呀，明天就周末了啊，文子似乎想起了什么，猛地一下站起，凳子随即释放出“哗啦”一声响动，“明天我跟舍友约好要去爬山！”

“能不能不去呀？”女孩嘟囔一声，“你看我都失恋了你忍心让我一个人待着吗，容易伤心呀！”

文子被她晃得头都有些晕了，“但是真的要放他们鸽子吗？”

“不会的啦！”女孩上前一把拽住文子，“我跟你一块道歉去，现在就去！”

文子还没反应过来呢，就被一股大力拽着冲进了校园。那一瞬间，他简直不知道自己是怎么走进宿舍的。

06

在电影院，他们看了一部主题与名字高度契合的电影——《漂洋过海来爱你》，影片讲述了一位日本少女画家在中国写生期间，无可救药地爱上了一位纤夫，随后对纤夫展开了几次三番热烈追求的故事。

黑暗中，每每看到感人的镜头，文子用眼角的余光，都感觉到女孩在看自己。

他想问她怎么了，最后还是忍住。

散场之后，女孩在前面走着，看上去有些失魂落魄。快走出电影院时，她突然回头盯住了文子的双眼，“要是你，你会爱上那个日本女孩吗？”

“可能……不会吧。”

女孩诧异地张大嘴巴，“理由呢？”

“会觉得……那样的爱……太沉重吧。”

“哦。”

然后两个人就都不说话了。

07

上次分手以后，一眨眼好多天过去，文子却没一点女孩的消息。

他其实很想知道她怎么样了，有没有从失恋的打击中走出来。

他也想过就这么放开怀抱去追一次，可他从没谈过恋爱，不知道失败了要怎么办。

奇怪的是，从看过电影以后，女孩仿佛人间蒸发，一点消息都没有。

很快，夏天就来了。

干旱、暴晒、烈日炎炎。文子非常不喜欢这个季节，唯一让他感到开心一点的是，他的生日也在夏季。

这天清晨，文子去食堂打饭，手机突然响了，掏出一看，是一条简讯。

“你今天穿得不太合适。”来自一个陌生的号码。

神经病，文子嘀咕了一声，把手机放回口袋，继续朝着食堂前进。

“如果没有礼物，你今天不会开心。”还是那个号码。

文子依旧不理。

“你是某某班的，名字叫陈文，想知道我是谁，现在就来食堂二楼。”这条号码最后说。

虽然感觉这种玩笑很低俗，可文子被成功地撩起了好奇心。他不紧不慢地赶往地点。

“等等，等等！”突然从墙角跳出一个人，手里拿着一个扎了彩带的大盒子，正笑意盎然地望着他。

“你怎么知道今天我生日？”

“说这种话，你可是我的救命恩人！”

“那，这里面是什么？”

“当然是能让你圆满结束今天的东西啦！不过，你得答应我，回去以后才能拆开看！”

搞什么，送礼物的人正是好几天没联系的女孩！

08

“可以啊，文子，都从女孩手里接过礼物了！”

刚回到宿舍，那几个男生群起而攻之，立马就把文子堵了个水泄不通。其中一个飞快地抢过礼物，逼问文子，“快说，这是哪个美女送的？”

文子被他们问得心烦，脱口而出，“就是我一直暗恋的那个女孩！”

“你小子行啊，”一帮人又开始推搡他，“人家姑娘都主动到这份儿上了，你还不行动？”

“你们懂什么，她那是为了报答我帮她压腿，在失恋时给她安慰……”

“我靠，我怎么没见哪个姑娘让我摸腿，还钻我怀里哭……”

那天晚上，文子睡得极不踏实。

他的脑子里，挥之不去的是那女孩豪爽的笑容。

半夜，他偷偷关门来到走廊里，就着昏黄的灯光，拆开了礼盒。

——竟然是十整盒避孕套！

我的天，幸亏没被那帮家伙拆开，他们要看到这个，那还了得？！

活了二十来年，头回遇见个这么豪放的姑娘。文子决定第二天去找对方，问个明白。

09

没想到，他刚走到约定的地方。女孩早已在那里等待。

“文子，我喜欢你。”女孩说。

啊？文子想笑又笑不出来，“你确定你这么快又喜欢上一个人？”

“根本就没有失恋啦，”说话间，女孩又朝文子走近一步，“那都是我千方百计设计好的。”

文子惊讶得说不出话来。

“压腿也是，在那之前我特意查了体育课排班表，才找到那么一次我们两个班一块上体育课的机会。”

“那你哭那天是专门在等我吗？”

女孩不回答，突然，她也不笑了，换上一副严肃表情：“还记得那天看的电影吗？”

文子点点头。

“其实那天跟你去，我是看第二遍啦，我要确定它是不是真的感人，足以表达我对你的喜欢。文子，在你喜欢我之前，我老早就喜欢上你了。也早就从你的舍友那里问清了你的脾气、性格和生日。我知道你沉默内向甚至有些木讷，所以我才买通他们煽动你跟我表白，谁知道你根本就不吃那一套。也许，你真的没有我想的那么喜欢我吧……”

“不，”文子着急地澄清，转过头，正对上女孩那束热情似火的目光，“虽然是你先喜欢我的，可是为了表达我的喜欢，你就让我这一次吧！”

他终于说出了心底的秘密，老老实实松出一口气。

10

几天以后，文子跟女孩牵手在校园里散步聊天。

走着走着，文子一下站到女孩对面，停下来问她：“为什么生日送我那个啊？”

“你猜。”

文子摇头。

“笨蛋，我是怕你脑袋秀逗，继续不解风情！”

“啊，那我知道了，等你生日我一定送你一套我们滚过的床单。”

……

我能想到最浪漫的事，就是和你一起去看全世界

关于未来的生活，我们几乎都有过这样的设想：

和那个最爱的人，携手流浪，在路上吃掉时光，用风景堆出成长。可长大以后，能有几人实现最初梦想？每个人都扛着生活的枷锁往前走，近处的是苟且，诗和田野在远方。

01

杨小姐与侯先生的爱情，打破了这层空想，将梦想化为现实。

知乎里有个经典的话题，“如何判定你和另一半能不能很好地生活到一起？”得票数最高的回答是，“来一场两个人的旅行。”

平凡、简单的生活，伴侣们往往少有一天24小时腻在一起的机会，就算是周末，风平浪静，遇不到什么棘手的问题。而旅行是一种永远在路上的状态，想看更多的风景，就必须要走更多更远的路。淋雨、打不到车，人生地不熟，路上什么棘手的状况

都有可能遇到，最是考验两个人的感情够不够默契，一方能否持续为另一方考虑。

一趟旅行下来，那个男人关不关心你，值不值得继续交往甚至结婚，一目了然。

杨小姐与她的侯先生，永远都在路上。可以说，他们的爱情是真正经受住了残酷现实的考验。

永远不要怀疑，在这个世界，就是有人比你勇敢，比你幸福，正在过着你所憧憬的、完全不敢想象的那种美好生活。

02

杨小姐绝对不是那种循规蹈矩的女孩。她对我说，小时候妈妈和老师教育她，要做个好孩子，可是，她非常清楚，她就是想浪费光阴。

“白日放歌须纵酒，青春做伴去旅行”，长到十八岁，有了身份证，她果断选择了那种白天在一张陌生的沙发上睡醒，晚上在不同的城市间入睡的刺激生活。

“我可以为我所热爱的旅行倾家荡产。”她总这样说。

“我相信一切的童话和白日梦。”她也这样说。

因为她活得够纯粹，够梦幻，所以老天爷就给了她一场梦幻的爱情。

为了看到美丽的风景，小杨把高考志愿全部填到了厦门。

在风景迷人的鼓浪屿，她对侯先生一见钟情。从此沦陷在他温柔的眼眸里，誓为爱情画地为牢。

在曾厝垵那条街上，杨小姐租了一间到处开满鲜花的房间。她热情地邀请侯先生前去做客，做了最拿手的糖醋鱼。

她热情、美好、阳光，与幽默、开朗、英俊的侯先生相谈甚欢，两个人很快陷入热恋。在一条木船上，侯先生单膝下跪，向杨小姐求了婚。

“你要满足我一个心愿，”杨小姐对侯先生说，“我们先来一场三个月的旅行。”

侯先生毫不犹豫，“走，回家收拾行李。”

几个小时后，他们已在飞往丽江的飞机上。

三个月的旅行，几乎每天都要奔波在路上。侯先生鞍前马后地承包一切，订票、订酒店，寻找当地最负盛名的苍蝇小馆，其间还要架起相机，在每个景点抓拍杨小姐的春风得意。

在旅途中，他们都发现，彼此更爱对方。

杨小姐喜欢侯先生的温暖体贴，明明玩了一天他也很累了，但每天晚上都要看着她入睡，才会安心闭上眼；而杨小姐呢，虽然只负责承包美美美和买买买，在每个饭馆点的第一道菜，必是侯先生所钟爱的麻婆豆腐。

杨小姐对旅行没有规划，在四川成都时，她忽然很想折回云南，去看大理的洱海。侯先生精打细算，但宁愿赔钱又赔心地陪她走这一趟。

苍山洱海太美了，杨小姐醉心于眼前的美景，手舞足蹈指使侯先生拍了很多张照片，手机内存差点不够。

短暂的停留，惊讶于山川河流的美好，尽管他们还无法更深入地了解这个地方，可是从此杨小姐知道，彩云之南，她来过了，记住了，留下一串动人的回忆。

“以后还会来这里吗？”坐在飞机上，杨小姐转过头问道。

“还会去更多的地方。”侯先生与她相视一笑。

困意很快袭来，她靠在侯先生温暖的肩膀，安心地睡去，心里无比笃定的是，身边这个人会带着她翻山越岭。

03

问杨小姐是怎么知道侯先生爱上自己的。她讲了这样一个故事。

那时，他们还分别只是两个互相暧昧的异地男女，靠着每天晚上一通电话传达情意。她一点都不确定侯先生是不是真的爱自己。直到那天他在电话里说了一件事。

那天，侯先生走在路上不小心被人偷去了手机，发现的那个瞬间，他忘掉了全部的事，发疯似的担心万一忘掉杨小姐的号码，从此两个人失去联系。他几乎是一路小跑着到公司，来到工位前急忙找出纸和笔，根据记忆写下杨小姐的号码，又立即借了同事的手机打过去。

他说，在听到你那声熟悉的“喂”之后，他对这个世界重新燃起了爱意。

讲到这里，杨小姐“咯咯咯”乐起来，人在遭遇不测时，第一个蹦出脑海的人，必定是他所珍爱的人。

这样的小感动，侯先生上演了不止一次。

还在上大学时，侯先生打电话告诉杨小姐，包裹到了，快去楼下门卫室取。

杨小姐说，我正要洗澡，一会儿就下去。

等杨小姐洗香香，换上干净衣服走下楼，却一眼看到正站在宿舍门口的侯先生，看到她，他马上跳着走过来，“怎么，爱妃着急沐浴更衣，莫非早已知道朕今晚要翻你的牌子？”

原来，他说的那个神秘包裹，正是自己。

听说要见杨小姐家长了，一向沉稳的侯先生立即变成热锅上的蚂蚁。为了防止说错话，他把自己关在房里，闷头打了一天的草稿，然后拿着那张纸反反复复去背，直看得杨小姐笑到肚子痛。

杨小姐说，最让人感动的是，侯先生喜欢把手插进大米里，正如她喜欢偷偷把货架上的方便面挨个捏碎。

和喜欢的人待久了，你会喜欢上他喜欢的东西，他玩的游戏，他发微信用的表情包……爱到最后，你已分不清是因为共同的爱好所以你们走到了一起，还是因为近朱者赤他正在变成另一个你。

但另外一个温暖的地方是，两个人还是有不同的爱好。比如杨小姐偏爱漂亮衣服、包包和鞋子，而侯先生则承包了所有的厨房用具——你负责美，我负责你。

杨小姐在网上买了一套化妆品，快递显示货物到了北京，可她迟迟没收到。因为生气，就跟侯先生撒气，我要退了它。侯先生听完，风风火火联系客服，装成大爷很快就帮她搞定。然后切了个退款的截图发给杨小姐，杨小姐大惊，“谁让你退的？”侯先生一脸蒙，“不是你吗？”杨小姐又说，你赶紧给我买回来。侯先生领命，又给客服打电话。

侯先生说，爱一个人，就是既能装大爷替她出气，又能扮孙子给她满意。

侯先生的单位每周三发免费水果。而他总是舍不得吃，放到书包里带回家。“叮咚”一开门，见到杨小姐的第一分钟，他手里捏着一个红红的苹果。

在一起的三年多，1265 天，只要不加班和出差，侯先生必定每天准时接杨小姐下班，无论狂风暴雨。

杨小姐还说，在我们一起度过的有限人生里，天崩地裂的大事真的太少了，爱一个人不必非要等来一个这样的关键时刻对她表明，重要的是，在你们相爱的平淡的每一天，在每一个吃饭、做饭、上下班的小事上，只要你想，随时都可以给对方甜蜜。

04

新婚蜜月，他们选在了马尔代夫。在一片碧绿色的海水里，摄影师用照片记录下两个人的浓情蜜意。

七天的假期很快结束，返程前的最后一天夜晚。凌晨两点，杨小姐依然没有困意，她不停地揉着眼睛。侯先生见状，紧张到手心冒汗，嘴里一句句问着，“宝宝，你还好吗？”

杨小姐弱弱地叹口气，摇了摇头。

侯先生立即拿起手机，看着他那漠不关心的神情，杨小姐突然开始怀疑婚姻。

过了几分钟后，没想到侯先生抓住她的胳膊大叫，明天我们飞去这里好不好？

杨小姐顺着他的手机看去，看到了那片令她魂牵梦绕的意大利古堡。她激动得差点就要晕过去，“你怎么知道我还想继续旅行？”侯先生一脸宠溺，“今天开始你就是我媳妇，我要爱你更要懂你。”

……

05

在意大利，杨小姐惊叹于一座座历史悠久、富有传奇的古堡带给自己的震撼。看着她那如痴如醉的面部表情，侯先生不由分说掉进了醋缸。

“杨小姐，看过世界以后千万不要忘记陪你一路走的侯先生呀！”

“谁是侯先生，侯先生在哪里？”杨小姐一次次忍不住去逗他。

翻看他们发布在朋友圈的照片，张张都是杨小姐在各种风景里露出的明媚笑脸。

“怎么都是你呀，你的侯先生呢？”

“当然是我唯一的摄影师呀。”

杨小姐发现，那些当地人有着如同这些城堡一样干净的脸庞，“是一张没被这个社会欺负过的脸”，听到这句话，侯先生立马来了兴致，“那我呢？我的脸干不干净？”

“你呀，你欺负社会还差不多！”

哈哈哈，两个人笑着，手拉着手向前跑去。

在去往飞机场的大巴里，杨小姐紧紧攥住侯先生，用认真的口吻问他：“你知道我如此疯狂迷恋旅行的原因吗？”她本是随口问的，并不期待他能给出一个中意的回答。

孰料，一向热衷玩笑的侯先生竟认真起来，他抬头注视着前方，思索片刻，然后一把搂过她来，小声在她的耳旁说：“因为你跟我一样，害怕意外先于明天而来，所以才要活在当下。”

杨小姐听了，吃惊得瞪大双眼，久久，感慨一声，是啊，如果可以拥有一个快乐的今天，为什么要把它交付奔忙、潦草，去换一个并不确定的未来？

望着大巴外那群鲜活的外国人，他们背一把吉他，就可以为来往的行人唱歌；坐在木椅上，就可以给陌生人画画。

那一刻，他们都觉得，这里的人们，才拥有真正的诗意。

06

有些人，不屑于旅行，认为那是吃饱了撑的没事干，去给别国创造 GDP。但对于喜欢的人来说，多走一个地方，多看一处风景，是和吃饭睡觉一样重要的事情。

杨小姐就是如此。她会因为多看了一座城市，而觉得生命正变得丰盈。

老了也有回忆可以下酒。她经常和侯先生说，“等我们老了，这些照片就是我们的宝贝，如果我们还有下辈子，它们就是我们下一世的模样。”

她这样说：“旅行让我变得更爱这个世界，更爱我这个健康的身体，我要用它去感受加州的阳光，去踩踏大海的浪花，永远不会停下探索的步伐。”

杨小姐和侯先生慢慢聊天。

在每一条城市的街道里散步。

他们有的是时间。

当问到侯先生为什么要陪着杨小姐辗转奔赴如此多的旅行？

他说，想看她在威廉古堡下的笑，想看她在椰林树影中的笑，想看她在清水白沙里的笑，想看她所有的笑。仿佛她的笑，与每一处风景相遇，都能撞出与众不同的化学反应。

因为下海，还迷上了浮潜；因为爬山，又爱上了云烟。这是旅途所给人的新鲜感。如果不出来走一走，鬼知道你都能学会什么，蜕变成一个怎样更好的自己。

07

当然，旅行的路途不会永远一帆风顺。头顶不会永远有阳光。

在一个七月的炎夏，他们开车，即将抵达乌兰布统时，遇上暴雨。雷电在空中轰鸣，雨水倾盆直下，这恶劣的天气让每个人都为这趟旅程捏把汗。

停下车来，找到一个僻静的小店躲避，侯先生赶紧脱下自己的外衣替杨小姐披在肩膀。

“傻瓜，冷到你了，我也心疼啊。”杨小姐拒绝。

“你才是傻瓜，赶紧披上，争吵越久，我们两个都得挨冻。”

没有这些突如其来的困境，你如何肯定爱这个人就是对的，她笑了，我的画地为牢，终换回他的全心全意。

“最美的不是下雨天，而是和你一起躲雨的屋檐”，这样的两个人在一起，每天都是偶像剧。

被大雨光顾的爱情，谁也没有被它淋湿伤心，却固执地将彼此抱得更紧，也看得更清。

08

也不是不可以一个人去旅行。

可是她想要自己所吹的风，所看的云，所感叹的美好，都会因为侯先生的存在，而变得更美。因为不希望以后提起这段往事，回忆里都是“你不在”的惋惜。

我忽然想起《春光乍泄》里黎耀辉独自站在伊瓜苏瀑布前的凄凉景象，缺少了何宝荣，那瀑布也失去了它应有的魅力。

如果你不要复制的日子。如果你爱一个人。

就和他，用双脚丈量大地，走遍万水千山，一起颠沛流离，虚度光阴。就像张嘉佳在拍《摆渡人》时说的那样：“它无比盛大，无比喧嚣，欢笑和眼泪山呼海啸，用一万束烟火把这个世界活生生炸到美好。”

追下女神又何妨，女神也有凡人心

01

同学聚会是相当恐怖的，参加过的人绝对都有同感。告别的那些年，在各自的天地挪转腾移，最后随着时间的流逝，任各自的眼光和能力带领着，蜕变成今日的自己。

在这场为庆祝失散多年今又相见的聚会上，你会讶异于一些人的光鲜亮丽，一些人的脱胎换骨，说到底终逃不过一句“人比人，气死人”。

就在今年春节，高中同学李大伟打电话给我，说想举办一场同学会。当年，他是正班长，我是副班长，妥妥的男女搭配，干活不累。

李大伟说，咱们这帮同学得有十年不见了吧。真的应该找个机会聚聚。

我一边听着一边在心里盘算，可不是嘛！自打高中毕业，同学们像蒲公英一样散落到天南海北，生活的大浪推着我们往前赶去，谁也顾不上谁。

老师呢？还住在县城里吗？我向他提议，到时候可以把老师一块叫上。

李大伟在电话里连连同意，直夸我真不愧是夏老师当年带出的得意弟子。我“扑哧”一声笑了，叫他少来。

02

我们这些同学，有的家住县城，有的住在乡下，因为李大伟是城里人，自然联系城市同学的重任就交到了他头上，我则负责邀请乡下的同学。

大概因为是春节，大部分同学都在家。我的邀请工作进展得非常顺利。除了那些在外地落户或者没回家的，基本都通知到了，有十一二个。

十年不见，同学们的变化果然很大。有些更高更瘦了，被生活打磨得皮肤黝黑却干练十足；有些变漂亮也更精致了，当然也有些，完全有失高中时期的帅气水准，从校草级别直接降到了路人甲。

最让我吃惊的，就是杨雪。那天，我迈进她家门，很陌生地叫着她的名字。突然，从北屋走出一个亭亭玉立很有气质的姑娘。只见那人慢慢一步步朝我凑近，嘴巴一张一合却是喊着我的名字。

等走近了，我看到她一身的靓丽风采，惊讶得张大嘴巴，“你是杨雪？”

对方一把抱住我，对着我的耳朵直回应，“是我是我，我是杨雪！”

“天啊，你的变化也太大了，简直是女大七十二变！”我推开她，用力地睁大眼睛盯住观察，把她整个人上上下下左左右右仔细看一遍。

“用不用这么夸张啊？”杨雪被我的没见过世面给逗笑了。

检查完毕，我又惊呼一声，“天啊！如果你这样走在路上，我一定不敢认的！”

03

见识过杨雪的神奇大蜕变，我倒是对聚会越发充满了期待。

终于，大年初五这一天来了。

我们约在了县城的饭馆见面。李大伟有着天然的地理优势，所以提前一个小时就点好了菜，买好了饮料和酒，早早等在大厅。

临近中午十二点，很多同学陆续地来了。毕竟同窗过三年，虽然十年没见，可每个人脸上都洋溢出神采，甫一见面，就两两拥抱在一起。饭桌上很快热闹起来。

我掏出手机一看，已经是十二点十五分，再数数人头，发现杨雪还没来。

正疑惑着，人群里发出一声惊叹。我随即朝楼下望去，杨雪身穿一件藏红色小袄，脚踩铆钉小皮靴正“噔噔噔”地朝楼上来。

见到她，同学们纷纷炸开了锅，大家都在议论着和惊叹于杨雪这脱胎换骨的变化。没等人上来，就有好几个男生激动地跑下楼迎接去了。

“真是一帮好色男！”女生们立即笑道。果然还是美女更有面子，我也不禁一阵感慨。

在十二点半的时候，终于我们当年的班主任夏老师也到了，这次聚会的人算全部到齐。

大家热闹地寒暄着，互跟当年玩得最好的人热情地聊天、打听近况。忽然，李大伟站起来用筷子敲着碗筷，清了清嗓子说：“同学们，咱们十年没见了，老师刚跟我说她很挂念我们，我提议，大家共同举杯问候下老师，再次感谢她老人家当年的栽培之恩！”

“唰”地一下，同学们站了起来，举起手中的酒杯，齐声对坐在正北的夏老师说：“老师，您辛苦了！老师，我们想念您！”

我当即嘀咕，这小词，喊得这么真诚稳重又齐整，难不成是提前排练好的？我怀着满脑子疑问悄悄去问李大伟，果然他咧着个大嘴直冲我点头。

这小子，班长还真没白当，依然有当年狠抓纪律的作风！

席间，我们每个人又都轮流向老师敬了酒。酒过三巡，话未说够。气氛稍稍安静一些，老师便打听起每个人的近况。

有些人说了他的职业；有些人说了他的梦想；有些人说了他的家庭；有些人还拿出手机给老师看她的老公和孩子。

忽然，夏老师一个问题甩向我和李大伟，不知道咱们这正、副班长怎么样了？有没有成家啊？

我尴尬地看看李大伟，做鬼脸叫他先回答，替我挡挡，争取点缓冲的时间，我赶紧编编词。作为一个三十岁的单身文艺女青年，我实在没脸将这个消息公之于天下，在各位同学面前丢脸。

不过，据我所知，李大伟也还没结婚，不过人家是男生，男女没法比呀。

孰料，李大伟冲着夏老师说："老师，我今天就要和你们大家分享一个好消息！"顿了顿，又迅速扫视一眼四周，"我下个月就要结婚了！"

啊！这下轮到我傻眼了。同学们更是沸腾了，纷纷起哄。人群中，只有夏老师问了一句，"新娘子是谁？我认识吗？"

感觉这句话也是问到李大伟的心坎上了，他立即面红耳赤变成一个羞涩的姑娘，嘴皮子也不利索了，支支吾吾地回答，"她就是……就是杨雪！”

04

我正好和杨雪挨着坐。趁着同学们起哄的劲儿，轻轻推了她一把，“喂，你俩什么时候好上的啊？”

杨雪大大方方一笑，这事啊，等聚会结束了我再跟你细说。

后来想起来，我似乎还得感谢李大伟的这一爆炸性新闻。毕竟从他说出要和杨雪结婚的消息后，夏老师就忘记了“追究”我的终身大事。

不过到底李大伟是怎么勾搭到女神杨雪的呢？要说她那么好的气质和条件，追她的人应该多了去了，可她怎么偏偏就跟李大伟好上了……带着这个问题聚会，会当然没聚好，饭自然更没吃好。

05

吃罢饭，李大伟派人开车先送走了夏老师，另外几个住得比较远的同学，也先早早坐车回家了。最后就剩下了李大伟、我、杨雪和另外几个城里的同学。

李大伟提议大家一块儿去唱 KTV。我看剩下几个人都是男生，于是就拉了杨雪商量，要不咱俩去逛商场？

杨雪这么爱打扮的女孩，当然更喜欢买东西了。她娇嗔地跟李大伟打了个招呼，我们就手挽手地往最繁华的人民路去了。

“好多年没来过这里了。”我走到一栋蓝色大楼前，看着它对身边的杨雪感慨道。

“是啊，时光不等人啊，没想到绕来绕去把我和李大伟绕到一起去了。”杨雪接话说。

“就是啊，你跟李大伟怎么走到一起的，你快说说。”我忙不迭地催促。

“这个嘛，说来话长，给我两分钟，容我整理下杂乱的思绪。”

06

故事的开头是这样的。

前年的 4 月 1 号，也就是传说中的愚人节。那天，杨雪失恋了，心情抑郁的她特别想找个人倒下苦水，就在高中同学的微信群里发了一条信息：“姐们儿失恋了，邀请有牺牲自我、具备一定奉献精神的男生前往‘策马奔腾’KTV，唱歌、喝酒一律姐请客，诚心来的，咱们不见不散。”

当时，或许是发话的时机不对，一颗小石子投进海里，仅有两三声回复。一个同学说，“快别逗了，你那么能谈还能失恋？通常都该是你甩别人吧！”另一个同学说，“就是就是，全世界的人都失恋了也轮不到你这大美女啊！”甚至还有同学公开秀智商，大家可别忘了今天是什么日子，这姐们儿绝对是跟咱们闹呢！

见此状，杨雪更伤心。她那时已经在KTV开好了包间订好了酒，就等着有缘人千里来相会。既然如此，她决定干脆自己灌酒喝吧，反正失恋了酒就是最好的解药，喝倒了一醉方休。

正打开一瓶酒，咕嘟咕嘟对着嘴仰头灌，“吱呀”一声门开了，杨雪用眼角的余光看到一个人影溜进来，她正准备大叫，那人上前一把就夺下了她的酒，“要喝也是我这大老爷们儿喝，你一个女生喝什么酒！”

这声音，她熟！抬头正眼一瞧，这不李大伟吗！

俗话说，赶得早不如赶得巧。认真过愚人节的男人，下场总不会太差。那句话怎么说来着，伤心之时最易动情。人只有冷极了才知道火柴的好呀！

你可以说这李大伟是乘虚而入，又或者别的什么。谁叫别人没信的话可偏偏人家就信了呢！那一天，杨雪唱了十几首歌，《第一次爱的人》《分手快乐》《再见陌生人》……全是伤情的歌。

李大伟看她是真难过，心里不是个滋味，丫的，哪个浑蛋小子这么艳福不浅，任杨雪爱得这么透彻居然还不珍惜？忍着一股怒火，他分别演唱了《狐狸精》《爱的初体验》《Only You》等歌，不为别的，只求博得杨雪一乐。

"哎？你这么说我倒想起来了，李大伟好像在高中那时候就挺注意你的？"我忽然问杨雪。

"一般一般，也就情人节收到过他的情书而已！"

哇！原来当年那些传言并不是空穴来风！我仔细咂摸着，"这小子还真有远见之明啊，你看你现在出落得这么漂亮！"杨雪嘿嘿直乐。

07

从 KTV 散了以后，李大伟每天就找各种理由约杨雪见面。有时候是吃饭，有时候是想买家具，非要拉着杨雪一块儿，美其名曰替他把关。

杨雪一开始还懵懵懂懂，以为这是同学一场，热情好客的李大伟是在普通地表达普通的关心。但几个月后，李大伟过生日，邀请杨雪去他新装修的房子里一块庆生，她以为很多同学都被通知了，孰料去了才知道，李大伟就联系了她一个。

许愿的时候，杨雪刚刚关闭上大厅的灯，李大伟就不见了。她正要喊人，只见一束烛光里，李大伟手捧一大束红玫瑰款款朝她走来。

"杨雪，做我女朋友吧！"李大伟单膝跪地，深情地表白。

杨雪几乎被吓到了，一时语塞，两个人就那么尴尬地僵持着。李大伟生怕杨雪不答应，贱兮兮地提醒她，"今天可是我的生日，你总不好拂了寿星公的愿！”

杨雪一想也是，“那……我就先答应一天的！”

李大伟见好就收，高兴地把花递到杨雪手里。

“后来呢？一天怎么就变成一辈子了呢？”我追问杨雪。

“这个嘛，你听我接着说啊。”

08

吃完生日蛋糕。李大伟神秘地一把拉住杨雪，就要往卧室里去。

“哎，你要流氓啊？”杨雪顿时吓得花容失色，语调夸张。

“小脑瓜乱想什么，我是那种没脸没皮的人吗？”李大伟冷不防一个大笑，然后自顾自地回答，“我是。”

到了卧室门口，杨雪环顾一圈，才察觉这其中的玄机。

那张席梦思大床，那张舒适的懒人躺椅，那个暗红色的小床柜……咦？怎么越看越眼熟，她突然想起来了，那不是前不久我跟你一块去挑的家具吗？

她惊讶地望着李大伟，你真的买下来啦？我还以为你就是找借口跟我套近乎呢！

李大伟突然不笑了，换上一副严肃表情，“这是我跟你未来的家，你选定的东西，我当然要买啊！不光这些，你进来看。”

杨雪走进卧室一看，墙角居然还放了一架钢琴。

“这个？这个要十几万呢，你哪来那么多钱啊？”这一下对杨雪来说可不单是惊喜了，简直就是惊吓。

“没事，我跟咱们同学借了几万块。不过你放心，我是学编程的，接个项目熬几天通宵就能还上。”

“熬几个通宵，李大伟说起来轻描淡写，但咱们班谁不知道他神经衰弱熬不了夜啊！”我对杨雪说。

“是啊，”杨雪一边说着一边皱眉，“所以我命令他第二天就把钢琴退啦！”

哈哈哈，这把狗粮撒得我可真是猝不及防。

09

听了杨雪和李大伟的交往经历。我还是感到很迷惑。就像同学们说的，杨雪是个大美人，在我们那个小县城怎么也当得起女神的称号，追她的人肯定能排成一个连。可她怎么偏偏就选了各方面条件都很一般的李大伟呢？

俗话说，解铃还须系铃人，所以我把这个终极难题抛回给杨雪。

杨雪给了我一个出乎意料的回答。

或许正是因为这个女神光环的存在，让好多人对她有好感可是始终不敢在行动上迈出一步。“可能他们觉得我条件好，一定不会选他们吧。”只有李大伟，从来不说那些恭维或调侃的话，能够真正地“见色起意”，敢打我的主意接我的盘。

杨雪还告诉我，如果不是那次失恋，她可能永远也分辨不出什么样的男人才是好男人。人们都是爱慕虚荣贪图外表的，她以前那个男朋友虽然长得很帅却徒有其表，分手的时候居然告诉她，她其实一直是被用来撑门面的。而且他在找到比杨雪更漂亮的女孩后，立马就把她甩了。

“我谈恋爱还是想有个结果的，鞋子得穿着舒服、舒心才行。”杨雪说。

回家的路上，我突然想到了高中时候的李大伟。那时候他是我们班的班长，学习好，人品棒，还帮着我一块组织班会，收发作业本。记得有次篮球比赛，因为其他班的学生犯规导致我们输掉了比赛，惹得打篮球的那几个人特别不服气，纷纷吵着要找那个班学生算账。李大伟没在这种慌乱的局势下乱了阵脚，他找到裁判员说明情况，为我们班争取到一场加赛。最终，我们痛快地赢得了篮球高手的班级荣誉。

我还想起分手前，杨雪对我说的最后一句话，她说，女神的光环是不能顶一辈子的，总有一天，她会变得不再这样有光彩甚至会丑，她总要走下神坛，扎入平凡的生活。她需要的，是一个能够陪她细水长流慢慢携手看风景的人。李大伟那个人虽然不够幽默风趣，但他对待每件事每个人都很用心，我能跟这样的人在一起，哪怕褪去光环，一定依然可以活得很好。

嗯，是这样的吧，女神也有一颗红尘心，她想要的生活绝不是毕恭毕敬地被仰视，而是能有一个甘愿陪在身边的人，与她执子之手与子偕老，给她稳稳的幸福。

亲爱的，我们去被窝生小孩吧

01

“死贱人，又往潘家园跑，挣点钱全买了你那破手串。”彤彤一边嘟囔，一边紧紧跟住一个男生。

那男生是她的小冤家山山，结婚六年，那冤家对她早已没了热恋时的疯狂讨好，求婚时的卖力感人，每天一吃饱就去供养他的两大爱好，一为手串，二为撸猫。用她自己的话讲，要是那些东西能活过来，她还不知道自己晚上有没有机会再睡床。

这一天是周末，普天同庆的好日子。一大早，彤彤脸都没顾上洗，小碎步颠去厨房，煎炒烹炸闷溜熬炖，忙忙叨叨大半天，端出一桌子丰盛佳肴。

“赶紧起床塞胃！”让她感到生气的是，自己饭都做好了，那个冤家居然还在枕头上呼呼大睡。

两分钟后，眼看“贱人”无所行动，彤彤顺手抓起一只布袋鳄鱼玩具，“咚”的一声朝那冤家身上扔去。

“哎哟，你砸到宝宝了！”那冤家被砸醒，掀开被子坐起，靠在床头使劲揉眼睛。

“就你？还宝宝？你要是个宝宝，倒是叫我一声‘妈’啊！”彤彤气得直吹自己的空气刘海儿。

房间里沉默了一分钟后，那冤家转头看向彤彤，张嘴冲着她，“妈。”

顷刻间，两个枕头又飞过去。

02

吃过饭，彤彤就被冤家一路拽着，上了去往潘家园的公交车。她原是想去逛商场的，夏天就要来了，怎么说自己都该添置一些新裙子。前几天她翻时尚杂志，看到一条纯白色顶仙女的连衣裙，心想着要是买下来穿在身上，一定很漂亮。

可是，美好的计划被那个冤家三言两语，就说泡汤了。

算啦，看在你每天都要上班，难得休假的分儿上，老娘就从了你这次。这样想的时候，故意走在冤家背后的彤彤，偷偷冲着他的脑壳练起猴拳。

果然，一进了潘家园的山山，就像猴子找到了花果山，激情澎湃地开启逛街模式，永远对佛珠和手串充满感恩。不一会儿，就花出去二百大洋。

彤彤见势，咬牙切齿，默默痛心，“老娘的仙女连衣裙！”

可是那个呆瓜，直到傍晚兴尽，坐在返途的车上，才察觉到媳妇脸上的不快。最后，为了弥补过失，山山答应帮彤彤清除淘宝购物车一次。时间限三天内。

彤彤开心到飞起，在好多人的眼皮子底下，朝山山的脑门亲了一口。

03

第二天下班回家，那冤家果然按照约定，把彤彤精心挑选的衣服全部买单。

等快递的日子总是那么焦虑。正如收快递的一刻总是那么开心。

晚上，彤彤把买来的裙子试穿在身上，除了颜色比自己想象中暗一些，款式的确是她喜欢的，大小也正合适。她在镜子前面照啊照，显然很满意。

此时，门铃响了。小冤家下班进门了。

彤彤这才想起来，她还比着《欢乐颂 2》里曲筱绡的造型，买了一只大号蝴蝶结。

“现在就戴起来，让那个冤家大吃一惊！”她像个小兔子，一蹦一跳地来到山山面前，对着他使劲眨眼睛，眨啊眨，眨啊眨。

一直眨到眼睛抽了筋，山山才慢三拍地问出一句，“你眼睛中毒了？还是脑袋中电了？”

彤彤懊恼地推他一把，又笑嘻嘻指指自己的新裙子和头花。山山急匆匆扫一眼，“你这脑袋比曲筱绡两个还大，头花戴上充耳朵吗？”

话音刚落，卧室就是一仗枕头大战。

深夜，彤彤含泪泣血发布一条朋友圈，结婚以后，男人都变成了瞎子。对美视而不见。

配图是她趁冤家睡着以后，用毛笔画上一副瞎子眼镜的他的脸。

04

打打闹闹，开开玩笑。小两口的日常是一派欢喜景象。可这景象，只要一遇到那种情况，必然被破坏殆尽，令人不敢直视——可怕的“婆媳”矛盾，在可爱又搞怪的彤彤小妞这里，依然不能幸免。

平常，小两口单独住在北京，刚结婚时，在家里人的帮助下，他们就在京郊买了房子。虽说面积不大却也五脏俱全，从卧室到厨房，都被细心的少女彤布置得温馨舒适，很有家的温暖。

因为山山爱好撸猫，令原本对小猫无感的彤彤也发生了变化，在养了一只名叫“野驴”的大公猫外，她还特意从集市上买回一只花白相间的小母猫，取名“喵吉”。

喵吉刚到家的第一晚，两个人就展开了一场智斗。

“你干吗买只母猫回来？野驴都绝育了，要小妾也无福消受。”山山说。

“我是怕这家里火气太盛，买只母猫帮你败火！”彤彤一脸不屑。

日子就这么有声有色地过着。眼看快到端午，中国人讲究过节团圆，因此山山提议一块坐车回婆家看看。彤彤本意不太想去，但又不愿让对方失望，只好答应。

两人照旧在去之前网购好多东西。上路那天，大包小包拎了满胳膊。

到了婆家。婆婆笑着出门欢迎。晚上，很多亲戚坐在一桌吃饭，气氛还算融洽。但彤彤心里战战兢兢，因为她知道那个频繁被提起的终极问题迟早要来。

果然，第二天中午，又是一众亲戚围坐着一块吃午饭。婆婆紧挨彤彤坐着，一筷子一筷子殷勤地朝她碗里夹东西。

鸡腿、蒸鱼、螃蟹，这简直就是一部十全大补秘籍。不用说，彤彤也能看出来，这是变着法地让她养身子，好能为他宗家生下个一儿半女。

不知为什么，吃着碗里的饭，彤彤却突然想到自己儿时在电视上看到的农村致富经——母猪的产后护理。她顿时气得饭也吃不下。

晚上，彤彤一脚把山山踹到床下，你妈到底什么意思？把我娶进门当生育机器啊！

山山一边笑一边哄，岂敢？岂敢？首先你是人不是机器，其次我也不知道你有没有那功能……

紧接着，又是一阵拳打脚踢。

05

其实彤彤不反感生小孩。相反地，她内心深处是有些喜欢的，甚至不止一次跟山山计划能有属于他们的孩子。

结婚六年，彤彤一直以事业女性自居，对待工作卖力，连下班也会及时充电。

作为一个兴趣爱好广泛的女生，彤彤会做奶油蛋糕，会做手工画，会写毛笔字，她每一分钟的努力，都打着只为取悦自己的烙印。她跟山山相识于大学，毕业一年两个人就走进了婚姻。当时考虑到年纪还小，就先打算过两年二人世界，晚会儿再要孩子。

孰料，那二人世界太欢乐了。山山养了野驴，彤彤对做饭产生兴趣。平常都有工作要忙，周末一天用来相处，一块去逛山山喜欢的潘家园，淘手串；一天去逛彤彤热衷的商场，还看电影。而每天晚上下班，厨房是彤彤最喜欢的地方，山山则一头扎进电脑看网红直播。

——说是结婚了，其实两个人各有自己的小确幸，并且守着这份幸福不愿退让。

过着过着，最初的两三年转眼即逝。时间很快来到他们当初计划的那个生育孩子的年纪，可面对怀孕的艰难，分娩时的疼痛，彤彤心惊胆战，立马退缩了。在那些强有力的生育视频和书面知识点面前，她彻底变成了一个纸人，怕得要死。

山山好几次上前劝慰，得到的回答均是，又不是你疼、你生，一天天这么积极。这样超过五次以后，他彻底放手了，任由彤彤任性去。

冤家的关过了，婆家的关难过。后来又过了一年，小姑子也嫁人了，当年就怀了孕，第二年生下一个大胖小子。这下婆婆变得更有底气，每次见面软硬兼施，动用各种手段、关系地催，渐渐地彤彤有意避着不见面。

06

2017 年，1987 年出生的彤彤 30 岁了。生子的任务迫在眉睫。

可是她还没想好，自己是不是确定要把一条小生命带到这个世界上来。妈妈是期待她赶快有个孩子的，她说她老了，特别想带小孩，陪着孩子长大。可是妈妈又说了，生个小孩不等于养只小猫，要收起所有的任性和脾气，牺牲所有的时间，去对他花费心思。

网上不是流行一个段子吗？“我们当妈的人不需要睡觉，全凭一口仙气吊着。”

网上还说，“女本柔弱，为母则刚。”

这天傍晚，彤彤买菜回来刚走到小区门口，远远地就看到她那小冤家，正蹲着身子逗着一个两三岁的小孩子玩耍，那小孩儿咿呀学语，正用稚嫩的声音试图和他对话。

突然，她一下就怔在原地。她不知道，那冤家竟这么喜欢小孩子！

那一刻，她说不出来是感动，还是内疚，只感觉到自己提着菜篮子的手开始微微发抖。

当天晚上，她整夜未眠。脑海里，她和老公一块牵着宝宝玩耍的画面来回地闪。她第一次准确而强烈地感觉到，很想能有一个自己的孩子。

07

一个月后，山山发现了彤彤的变化。

家里所有的油炸类、奶油类食品，连同碳酸饮料似乎是一夜之间不见了。打开冰箱，里面塞满了香蕉、葡萄、西瓜等各色水果。

家里的小阳台处还新添置了一台小型跑步机。电视机前面放了一台空气清新器。

正疑惑着，穿了一身运动衣的彤彤进门了，手里抱了一个大毛毯。

“这天又不冷，你抱个毛毯干什么？”

“谁告诉你这是毛毯，这是我为了练瑜伽特意在网上买的。”

这下轮到山山一脸蒙，他颤颤巍巍地问，“小姐你刷了多少钱？”

彤彤笑嘻嘻伸出五个手指头。

山山顿觉浑身一阵肉疼，连忙打电话查信用卡。过了一会儿，尖叫传来，不对啊媳妇，我这卡里怎么少了三千块？！

剩下的，当然是报瑜伽班了！卫生间里传来彤彤魔性的笑。

这样坚持了一个月，山山也被她拉着一块进行运动。

彤彤很详细地制订出运动计划。每天慢跑一千米；每天 50 个俯卧撑、50 个仰卧起坐；每天 200 个杠铃。

第一天，山山练完以后整个人都虚脱了，声讨彤彤这不是锻炼而是要命。可面对各种威逼利诱，彤彤就是不改口，还威胁山山要是不跟着一块练，她就去给别人当媳妇。

好在山山原本也没有抽烟喝酒的嗜好，在彤彤的压迫下锻炼了几个月，肚子上的肥肉都不见了。

那一天，当他成功地把自己塞进一直以来都很喜欢但却小一号的衣服时，山山直接被惊呆。

08

彤彤也在发生变化。

发现自己彻底爱上瑜伽，是报名学习的两个月后。

现在的她，每天起床后面色红润，身材匀称。在一次山山下班进门时，才发现自己已经很久都没跟他吵过架。

好像也不会再抡起枕头互相揍对方。最最关键的是，她爱上了运动这件事，这是她从未想过的。发汗打开她全身的毛孔，很多不健康的情绪，也就这样被蒸发直至消散在空气里。

八个月后，她因为想要健康地怀孕，而成功拥有一个健康的身体。

一天下午，她鼓起勇气预约了一家医院的妇科体检项目。拿到结果的那天晚上，她把自己洗得香喷喷，还特意买了一件红色的调情小衫。然后，提前十分钟，埋伏在卧室的门后。

“吱呀”一声门开了，彤彤蹦跳着一把将她的小冤家扑倒在床侧，面带潮红地在他耳边说：“亲爱的，我们要个孩子吧！”

09

成长除了代表个子长高，肚子上长肉，脸上的皮肤不再紧致光滑外，更重要的，是我们能不能勇敢去面对内心深处早已存在的恐惧。

有些人怕分离，有些人怕失败，有些人怕活不出自己。还有些人，是像彤彤一样，害怕怀孕的辛苦，分娩的疼痛以及肩负一条生命的责任。可成长本身就意味着，不管遇到什么，只要我们还活着，就必须、一定要打败那个胆小、懦弱的自己。

10

三个月后，彤彤在医院检查出怀孕的好消息。

走出医院大门的那一刻，艳阳高照，她轻轻地抚摩着肚皮喃喃自语，“宝贝，感谢你让妈妈学会成长，变得和你一样勇敢无畏。”

全世界我最最最最喜欢的就是你

01

这个世界上每分每秒都有人降生，有人死亡；有人欢喜，有人哭泣。当然，也有爱情在发生。

02

为了成功通过自考科目，把学历从大专升成本科，23 岁的小敏大专毕业后，很快联系了北京一家教育机构。

因为房租相对便宜，她把房子租在了五环外，每天要换乘 4 趟线坐 2 个小时才能到达公司。

大城市车水马龙，相当繁华，聚集着数千万如她一样渺小却心怀远大梦想的蚁族。因为地理位置不具优越性，为了不迟到，她必须每天赶在六点起床，简单吃过早饭，六点半准时坐上地铁。

因为报了课程，每个周末都要上课。她的时间就更紧张。

一天，补习完英语课程的她，因为临时有事，抱着一堆资料急匆匆往教室外面赶。一个不留神，和刚刚进门的一个男生撞在一起，顷刻间，怀里的书本“啪啪啪”落了一地。

只见那男生反应敏捷，迅速蹲地，很快就把散落的书籍捡放整齐，递给小敏。

几乎是同一个时刻的，“对不起”，他们互相对彼此说。因为这份默契，两个人随即相视一笑。

这时，好像突然想起了什么，那男生发话了，“同学，你也是这个补习班的吧！”露出一个清爽的微笑。

小敏含蓄地点点头。

“你好，我叫作 Jason，你也可以叫我周森。”男生伸出手。

小敏意思性地小握一下，“同学，我今天赶时间，我先走了。”飞也似的逃离了教室。

03

后来，小敏果然在英语补习班上多次与这个 Jason 照面。这家伙英文说得挺溜，简直真人不露相。

她还惊恐地发现，因为课堂的位子是随便坐的，因此不管她坐在哪里，这个 Jason 总会坐在她后面。这家伙玩心挺重，时不时拿自来水笔戳她的后脊梁，像个小学生。

这天放学，小敏收拾好背包正要离开，Jason 一下子跑到她面前拦下她，“同学，能请你吃个饭吗？”看到小敏充满疑惑的一双眼睛，他又立马接话说，“算是为上次撞掉你的书赔礼道歉。”

嘁，泡妞就泡妞，硬说什么赔礼道歉，把自己装裱得像谦谦君子。小敏心里忍不住发笑，想到自己反正也没吃饭，这会儿还真有点饿了，一不做二不休，干脆答应。

两个人去了呷哺呷哺。这种火锅小店哪，小资情调足，空调又给力，最重要的是它便宜，两个人就算吃破天也绝对不会超过两百块。花最少的钱，讨最大的便宜。小敏忽然意识到，对面这位 Jason 可谓是泡妞界绝顶高手。

席间，这位高手频频把自己小锅里的蘑菇、羊肉、粉丝夹给小敏吃，还一个劲地催她，你尝尝我的，尝尝我的。惹得小敏一脸不耐烦，不就是麻辣味的嘛，搞得好像我没吃过一样。不过她心里是甜的，毕竟这位小哥长相在线，人也热情。

饭桌实在是最适合中国人谈心的场所了，千百年来，人们在这里谈出名与利，谈出礼仪大全，甚至很多生杀大事，也与饭桌相干，比如著名的“鸿门宴”，陆小曼与王庚上演离婚大戏的“功德宴”，等等。

在饭桌上，大家一贯秉承有冤说冤、有仇报仇，表白的，求婚的，种种喜怒哀乐，终不能幸免。

酒过三巡，这两人已没了最初的戒备和拘谨，话匣子一打开，天南海北乱聊一通。小敏这才知道，这位仁兄今年刚从北京体育大学毕业，因为想进外企，所以报了英文补习班。

说了半天，基本情况都互相有了了解，两人一时间不知该说什么，气氛突然冷下来。就在这有些安静的空气中，小敏以女孩子特有的细腻心思，察觉到 Jason 一直在盯着自己看。怪难为情的，她赶紧用手捋下头发到耳朵后面，“你吃饱了吗？我们走吧。”然后跳下凳子，局促不安地朝门口的方向走。

要分手时，两个人面对面站在地铁口不知道说什么，空气安静又尴尬。

突然，小敏指着 Jason 说，“以后你的衣服给我洗吧！”她感觉到，自己脸上一阵潮热。

Jason 一脸诧异，“别啊，一顿饭而已！再说就是跟你道歉的。”

“给我吧，我反正也要洗自己的，一块洗，不麻烦的！”小敏坚持。

Jason 咧嘴大笑，一副奸计得逞的样子。

年轻的时候，我们喜欢一个人的方式羞涩又笨拙，没什么技巧。因为想要以后都能见到他，想要和他有关系，所以心甘情愿，不惜说出为他洗衣服的话。

幸运的是，Jason 最终答应了。这是不是表示，他明白并接受了小敏的心意？

04

说不好是谁先喜欢了谁。电光石火之间，爱情就那么自然而然地发生了。或许是一种“同在异乡为异客”的心境，又或者只是王八看绿豆就是对上眼了。

大概因为 Jason 是练体育的，个头 1 米 85，高大阳光，肌肉看起来也很发达，让刚来这座城市独自漂泊的小敏很有安全感。而她正值青春年华，身段窈窕，皮肤白皙，明眸皓齿——爱情，当然更容易发生在这样的阶段。

再次见面时，Jason 手上果然拎来了一个小袋子。递给小敏时，这个阳光大男孩的脸上竟现出一抹神秘的微笑，现在不能拆哦，要等回家以后才可以。

看着此刻有些孩子气的 Jason，小敏无奈地点着头。

回到家，关上房门，她打开小袋子，才发现里面只躺着一件白衬衣。心里不禁想着，他太夸张了吧，怎么只有一件衣服啊？她拿起来左看右看，奇怪，它一点都不脏呀！

突然，“哗啦”一下，什么东西掉在地上发出清脆的声响。

小敏弯腰去捡，才发现那是一串珍珠吊坠，绳子的一端挂着牌子——石头记。

一颗颗滚圆小巧的珍珠，在日光灯底下绽放出亮晶晶的光芒。

这么好看，这是送给我的礼物吗？她按住此时怦怦狂跳的心，不得不承认确实被细心体贴的他给暖到了。

可是，这么好看的东西价钱一定不便宜，难道他也是属意我的？可就算如此，我也没理由收这么贵重的礼物呀！

由于这份“惊喜”的缘故，小敏手洗衣服的时候心情愉悦。一件原本就挺干净的白衬衫在她的两只手里上下翻飞，她充满柔情地触摸着，这里是 Jason 的脖子，这里是他的胸膛……洗着洗着，脸就红了。

多少年以后，我们依然有可以相爱的人，但几乎没再用手为他洗过衣服。那些洗衣机能处理的日常琐事，我们巴不得一扔一甩一晾就完事。

尽管谁都知道洗衣机没有手洗来得干净，可却再也没有热络的心思去洗出一件凝聚了爱的衣服，也再没得到那份洗出幸福感的明媚心境。

05

没想到，还没到周末的上课时间，Jason 竟提前转了两趟车在周四的晚上跑来敲小敏的房门。

一见面，Jason 笑嘻嘻地望着小敏，笑了半天才扬扬手里的袋子，脏衣服又来啦！这下又要辛苦你了！

——倒两趟车从这座城市的东边绕到西边，鬼才信你只是为了要洗干净一件衣服！

小敏突然想到了那串项链，连忙跑到桌子旁拿起，又飞快地跑到 Jason 面前。

“礼物太贵重了，我不能收。”

“又不是白给你的，衣服送干洗店也是要付钱的啦！”

“那……你这是把我当保姆吗？”

“那……你愿意做我的专属保姆从今往后只给我一个人洗衣服吗？”

……

就这样，两个人在一起了。

生活开始变得热闹而丰富。Jason 每天都有了干净清香的衣服穿，小敏吃上了健康又营养的绿色早餐。Jason 是体育生，每天早起都会绕着小区长跑，出一身汗回来，开开心心地给小敏做早饭。后来，他干脆建议小敏也加入锻炼，两个人一块运动。

“那岂不是一天到晚都在运动？”小敏开 Jason 玩笑。

“对啊，床下运动是为了更好地床上运动呀！”小敏立即跳过去，追打着“骂”他不要脸。

但其实，Jason 只是嘴有点“欠”，他并没有搬过来和小敏一块住。他每天凌晨五点跑完步，打车花半个小时到小敏住的地方，就只是为了给她做顿早饭。

年轻的时候，我们愿意做一切能为对方做的事，我们一腔热情、孤军奋战，身体里永远都有一股使不完的劲儿。

我们不在乎钱，不计较得失，甚至不管会不会有未来，只是因为我们非做不可，就一定要做。

因为爱情，我们变成了一个让自己大吃一惊的人。我们付出很多，不求回报，因为在不顾一切全心付出的时候，我们感受到了来自这世界的所有的美好。

不久之后，世界进入寒冬。人间下了一场大雪，目之所及，处处银装素裹山河壮阔。室外温度已然零下。

小敏在屋子里冻得直打哆嗦，望着窗外一片的白茫茫，心想，Jason 大概不会来了。

孰料，去上卫生间回来，就在她走到窗口又习惯性地向外望去一眼时，皑皑白雪中笔直地站了一个人。那人从头到脚全副武装，此刻正露出一排牙齿，像太阳一样冲她挥着手。

是 Jason，他还是来了！

小敏打开窗户，顶着一股刺耳的寒风冲他大叫着，“傻瓜，快上来呀！”

Jason 来了，却没带衣服。从那以后，他只有人来，再没带过衣服。

“你怎么不带衣服了呀？”

“傻瓜，你人都到手了呀！”

小敏心疼他两头跑，以后我去找你吧，不能让你一个人辛苦。

“坚决不行，”Jason 一口拒绝，“女孩子家大晚上出门很不安全，你的防范意识怎么可以这样差！别忘了我是练体育的，放心交给我！”

06

小敏出生在腊月，她的生日就要来了。

以细心贴心懂得照顾人而著称的 Jason，当然早早做好了浪漫准备。他不但花钱定制了一个漂亮的蛋糕，还打电话给小敏，叫她一下班就来双安商场见面。

原来，早在一个月前，Jason 就在这家商场的首饰品店，为小敏精心定制了一条精美的纯银项链。

望着此时安安静静躺在首饰盒里的银色项链，小敏感动到说不出话。当她得知项链上还特别刻下了她的名字时，她问老板，可不可以再加一个名字？

被问的老板和 Jason 一脸疑惑，加谁的？

小敏随即用手指指一旁的男生，老板心领神会地露出微笑，“看看你们真恩爱”，继而发出“年轻真好”的感慨。

“你的心上人叫什么？”老板问小敏。

她这才反应过来，恋爱大半年一直称 Jason 为 Jason，都忘记问他的中文名字是什么。想到这里，小敏不禁一下羞红脸，拉起 Jason 小跑到一边，悄悄地在他耳边问，“你中文名字叫什么？”

“李，壮，大。”

“噗”，小敏显然对这个名字没做好心理准备，“为什么不是李大壮？”哈哈大笑地去看对面的 Jason。

那天，在她 24 岁生日的当天，她从自己最喜欢的人那里得到一条珍贵的项链。上面刻着她和 Jason 的名字。

敏敏，壮壮。

07

这样的日子幸福了很久。直到 Jason 的妈妈一再打电话催他回老家。

Jason 是广东人。从北京到广州，全程 2122.4 公里，果真是天南海北。Jason 又是家里的独生子，从上学就一直离家在外。母亲就他这么一个宝贝儿子，现在年纪大了，自然是盼他回家的心情一日胜过一日。

考虑到和小敏的感情，Jason 多次请求母亲再给自己一些时间。其间他也想过问问小敏的意见，如果她肯跟自己回南方安家，他一定更加疼她照顾她。

那天晚上，就在 Jason 组织好语言准备向对方坦白时，小敏忽然抢先他一步说，“阿壮，等考上本科我就跳槽，去找一个挣钱更多的公司上班，到时候就能跟你一块攒钱在北京买房子了。”

——彼时还是 2005 年，距离北京房价令人“谈虎色变”的时间，还有三年。

望着小敏那双对未来充满期待的眼睛，Jason 于心不忍，最终什么都没说。

出事的那天，小敏忙了一天工作，临近下班时身体已经累透支；Jason 加班凌晨才回，路上又突然遇到大雨，淋了个落汤鸡。

或许是最近承受了太多压力，Jason 回家后，突然很想打电话给小敏，聊聊天。可那天小敏太累了，睡得死沉，电话响了十几遍仍是没接听。

那是第一次，Jason 对这段感情流露出巨大的无力感，他忽然发现，原来他也只是一个普通人，在受伤的时候，也渴求能被安慰。

第二天，两个人约在小敏住处附近的花园见面。Jason 终于忍不住对她坦白，突如其来的一切，让小敏既心疼又震惊。

她有些委屈地问 Jason，“你凭什么替我做决定？难道我就一定不会跟你回广州吗？”

她说了“回”而不是“去”，表明了天涯海角会跟 Jason 在一起的决心。

“可是，你妈妈也只有你一个女儿啊！”Jason 低垂着头，从喉咙发出一声模糊不清的低吼。

08

小敏完全接受不了。那天晚上，心情特别差的她下班没有回家，而是跑去酒吧。疯狂又疯狂地，她把自己当成个水缸，拿起一瓶瓶酒往肚子里灌。很快就醉倒了。

蒙眬之中，听到手机响，又蒙眬地按下接听键。

把手机放到耳朵上的一瞬间，她听到一个熟悉的声音在那儿嘶吼，“你跑去哪了？”还一遍遍不停地催她，“快告诉我！”

她“哇”一声哭出来，×× 酒吧。

半个小时后，Jason 飞一样跑到她跟前，使劲摇她。

第二天醒来，她在软软的熟悉的自己的床上睁开眼。Jason 趴在床边，一脸憔悴。

“你醒了，”他用手摸摸她的额头，“还好没有感冒。”接着又说，“我知道你很难过，可是就算伤心，也不该去那种地方糟蹋自己。万一你有什么事，我以后都不会原谅自己。”

小敏抬起头，她看到 Jason 在流泪。这才知道，原来他打车把她从酒吧送回来，照顾了她一个晚上。

可他还是必须要走。

辞职，打包，收拾行李，只用了半个月时间，Jason 就处理好了自己在北京的一切。

上个月，他接到父亲的电话，母亲生了一场大病，现在非常思念他。

身为人子，当然要尽孝。况且他现在已经不算是“游必有方”。走之前，他特意去跟小敏道别。

两个人坐在窄小昏暗的小屋里，执手相看泪眼。

小敏早已哭肿了眼睛，上下牙齿打架，嘴唇哆哆嗦嗦说不出一句完整的话。

Jason 心疼到一把将她抱在怀里，什么也不做，就那么静静紧紧地抱着。

09

Jason 离开的那天。北京卷起一阵狂风。

小敏痴痴地望着手机里的短信，忍住了没去西站送别。

这场爱情陷入彻底的危机里，似乎死亡已是它命定的结局。

这天中午，Jason 正要下楼去吃饭，手机突然响了。他一眼就看到那个熟悉的名字，一时没反应过来，愣在原地。

电话里，有个熟悉的声音对他说：“你转身。”

然后，他就看到他日思夜想的女孩就站在一片阳光里。

在他继续发愣的时候，女孩一步步走近，一瞬间扬起手里的项链，然后对他说，Jason，从在它上面刻下我们名字的那一刻起，就注定了不管发生什么，都不可能阻挡我们在一起。

爱情，一场后知后觉的辜负

既然无缘在一起，不打扰，就是最后的温柔。况且，一辈子也没多长，不在一起就不在一起吧。

好的前任就该跟死了一样

01

“要是你也喜欢我，明天就穿那件蓝色的上衣。”

灯火通明的晚自习室里，我憋足了劲给曹哥传简讯。系统提示“发送成功”的那一刻，我视死如归，“管他的，暗恋这么久，要死就死个干脆。”

曹哥果然没回简讯，而我像条僵虫，一夜未眠。

第二天天还没亮，我偷摸潜伏在男生宿舍楼一角，缩起脖子瞪大眼珠死盯住那唯一的出口。

半个小时过去了，曹哥还没出现我却被困意缠住，哈欠连天。

“喂！”

睡得正香，不知道哪里来的苍蝇，烦人。我用手胡乱一阵扑腾，眼睛却还没睁开。

“醒醒！”

这声音，好熟悉……曹哥！一睁眼睛，曹哥正一脸笑意地注视着我，身上穿了一件蓝色衬衣。

告白计划大功告成，曹哥就这样成了我的人。

02

曹哥读计算机系，我读中文系。2007 年，两个人都在石家庄读大三。

那个年代，男生都迷“魔兽世界”，女生都迷“劲舞团”，我和曹哥两样都迷。

白天我们在各自的教室煎熬，晚上凑一块包夜厮杀。

谁说学生时代的爱情就一定得是学霸加学霸，我们两个学渣联合起来打怪兽时，曹哥最爱我，我也最爱他。

那时的爱情无关物质，只想要把最好的留给对方。

我家里条件不好，曹哥家境也一般。通宵包夜之外，约会只能去不用花钱的街道公园。

有一天，我们手拉手在路上走，路过一家饰品店。

我眼尖，一眼就看中海绵上挂着的一对耳环。我跑过去，一把把它摘下，捧在手心看了又看，紫色的小水钻在太阳底下发出耀眼的光。

“好看吗？”我问曹哥。

“好看。”曹哥一脸憨笑。

我又跑到镜子前，把它比着靠近耳垂。

一翻标签，199 元，满心欢喜霎时变成一股抑郁。我愣在原地。

曹哥看出我的顾虑，没等我反应过来，迅速掏出两张毛爷爷扔给店主，拉着我跑进风里。

跑了好远，两个人气喘吁吁地停下。

喘了一会儿，曹哥直起身子对我说：“快戴上看看！”

我忽然反应过来，那 200 块是他一个月的伙食费。我问曹哥：“明天你怎么办？”

曹哥一脸坏笑：“今天只管你开心，明天的事明天再管。”

03

毕业前夕，我忽然联系不上曹哥了。

打他的手机，永远都是关机；去他宿舍等，几天没个人影。

舍友帮我分析，“这里头有猫腻。”

我不信曹哥会背叛爱情，可究竟不懂他为何要玩失踪。踌躇了两天，还是买了去往他老家的火车票，坐了整整 8 个小时的硬座。

路上，我想要是他真的不要我了，我绝对不会一哭二闹三上吊。

跟向曹哥告白时一样，把心一横。

在一起两年，我从没有来过曹哥的家乡，脑海里有的只是零零散散只言片语。

一路摸索一路打听，走了好几回冤枉路才摸到曹哥家的门。

一进院子，我彻底呆住了。一大群人围在一起，气氛喧嚣而沉重。看到我时，每个人都投来异样的眼光，仿佛在看一具裸体。

奇怪的是，没人拦我。我很快就走过了院子。

正屋里摆放着一张木床板，草垛上，躺着一个面如死灰的中年男人。

而我的曹哥，正披麻戴孝，跪在床前，一动也不动。

我走过去，轻声唤他，“曹哥？”

曹哥慢慢转过头，丢来一双失去神采的眼睛。

“对不起。”他慢悠悠跟我说。

我正想回一句，曹哥又说：“小Y，我没爸爸了。”

我身子一软，“扑通”一下瘫在他肩膀，两个人抱头痛哭。

曹哥哭爸爸的死，我哭曹哥遭的罪。

一边哭一边想，宁愿是他真的不要我啊，宁愿如此。

04

回到学校以后，曹哥完全变了一个人。他脸上总是阴云一片，主动约我的频率越来越少。

掐指一算，我们已经整整两个礼拜没在一起“find home”。

我打电话约他出来吃饭。老规矩，最便宜的饭馆点一份最便宜的土豆丝。

席间，曹哥心事重重，始终埋头扒拉米饭。

我把手递过去，放在他右手的手背。曹哥抬起头，我迎上他那双黯淡的眼睛，“你还有我，我会一直陪着你的。”

曹哥机械地点点头，埋头继续扒拉着饭。

十几分钟后，我们起身离开饭馆。我回头看一眼，饭桌上碗里的土豆丝几乎没怎么动。

就快毕业了，看到曹哥为了就业忙得热火朝天，我也不好意思再堕落。

很快，曹哥就被一家唐山的公司以校招的形式招了进去。

那天，他的眼神又有了神采，欢欢喜喜地跑来告诉我这个好消息。

我衷心替曹哥感到开心，然后把自己想说的另一个好消息悄悄地咽回肚里去。

“你说，明年我们还会在一起吗？”我问曹哥。

“傻瓜，我们这辈子都会在一起。”曹哥拉起我的手。

“好想去看周杰伦的演唱会。”我又说。

“等我赚钱了咱们马上去！”曹哥又一次扬起手里的合同，风把那些纸吹得哗啦哗啦响，声音真好听。

那时候，我们真的以为，等，可以解决这世上所有的难题。

05

曹哥入职唐山的公司后，我们俩忽然从热闹地整天黏在一块变成各自孤独的异地恋。

我每天都要跟曹哥打电话，聊完各自的近况就闲扯石家庄的天气、路边的花草……渐渐地，曹哥讲话越来越快，越来越短。直到有次，我在电话这头听到有人叫他过去帮忙，他跟我说了句“等一下”就走开了，可听筒里再也没有回应。

我盯着手机屏幕，看到通话时间一点点增加，半个小时后，默默地挂了电话。

我还发现，曹哥的世界开始变得广阔，他知道石家庄的一切，可我却不了解唐山的一点。

终于有天，我按捺不住，在电话里告诉曹哥，我要去北京了。

曹哥笑出声来为我加油，“趁年轻出去闯闯也好。”

在挂电话之前，我们相互约定，任何一方一旦攒够路费，就立即出发前往对方的城市。

2010 年，我的北漂依旧不顺利。

怀揣三流大学毕业证，北京的高楼上就是掉下一百块砖头，也不会砸中我这样的人。学历低，也没什么特殊技能，我很快就发现，我并不具备很好的能力令这座城市对自己俯首称臣。

生活太他妈清贫了，而且一点都不自在。

尝遍所有的碰壁与挫折，每晚 8 点与曹哥固定的一通电话，成了唯一支撑我继续孤身奋斗的勇气。

然而，异地恋像个刚出世的婴儿，脆弱不堪。

一天，临近下班，天上忽然风云大变，乌云很快吞没晴天，几声惊雷，顷刻之间，大雨滂沱。我提着长裙走在路上，高跟鞋踩过一个又一个水坑。

没有带伞，整个人被淋成落汤鸡，风一吹，又湿又冷。牙齿很快打起架，一不小心咬到了嘴唇。疼痛猛烈而直接，心情一落千丈。

路也不赶了，我跑到便利店门口，掏出手机找曹哥。

电话刚一接通，来不及等对方应声，我一顿嚷："你为什么就不肯来北京！"说完，我把电话从耳朵旁挪开，蹲下来抱住自己，大哭起来。

裙子湿透了。攥在怀里越发的冷。

雨声越来越大。曹哥能听懂我的心碎吗？

06

2011 年，曹哥因工作表现出色，升职又加薪。

因为太忙，过去两年他只来看过我两次。

那年秋天，曹哥被公司委派来京出差。忙完工作，特意跟老板请假，我俩决定什么都不干，好吃好喝好睡，把欠了几年的爱一气做完。

要回去的那天下午，我把曹哥送进地铁站。花十分钟去便利店洗劫一空，买了一大堆零食朝他怀里塞。

“你拿回去吧！我不爱吃这些。”曹哥说。

“你要敢不拿，你就别想走！”我泪眼汪汪地威胁。

曹哥只好收下，害羞地将一包东西硬塞进背包。我靠着曹哥，曹哥靠着我，两个人就这么一站站走着，眼看快到地了，曹哥说：“你赶紧下车吧，别回头看我。”

真是我的曹哥，三年不在一块仍然深谙我，知道我一回头，注定会上演十八相送。

我默默地下车，忍住眼泪，听他的话坚决不回头。一分钟后，地铁响起“嘟嘟嘟”的关门提示声，紧接着“呼啦”一下载着我的曹哥向前飞去。

我朝回忆看一眼，那年北京的秋天，可真美。

07

2012 年。我终于在一家私营文化出版公司找到了自信。

因为很会写文章，这家的老板非常赏识我。加上我也肯努力，歪打正着竟然策划出几本很受市场欢迎的图书。

工作渐渐步入正轨。只是每次接到家里电话，妈妈总一遍遍提醒我结婚的事情。

迫于家庭的压力，更因为我想跟曹哥有个结果，在一个晴天的午后，我开始追问曹哥对结婚的打算。

曹哥的爸爸去世以后，曹哥对结婚一直有很多想法。

他曾不止一次跟我谈论房子、车子和存款。我每次都觉得这些都不是问题，天真地鼓励曹哥，“只要两个人相爱，没有解决不了的。”

这些年，曹哥过得很不容易。叔叔走得太突然，没给他留下一分钱。曹哥是独生子，全权承担着母亲的生活起居甚至喜怒哀乐。母子俩相依为命，像连体浮萍，在茫茫人海飘荡。

我跟曹哥开玩笑：“你放心吧，我特别喜欢上班挣钱，绝不会沦落成一个家庭主妇连累你。”

我还跟曹哥说：“你多挣点钱我也多努力，咱们一起在外面买个房子，把伯母接过来生活。”

但看看北京的房价，一天十几次地涨，我心里真没底。

每到这时，曹哥总会亮出他的“摸头杀”，“挣钱的事交给我，你的任务是照顾好自己。”

虽然曹哥从没正面回应我结婚的事。但我心里总在憧憬。直到有天，我接到一串陌生数字的电话。

“喂？你好。”

“你是小 Y 吗？我是曹 × 的妈妈。”

08

我决定疏远曹哥。

两天以后，曹哥终于发现点什么。在上班时间就疯狂地不停地打我的电话。

我不胜其扰，干脆关机。

晚上下班前，曹哥的 QQ 头像在屏幕下方频繁闪动。

躲也不是办法。我点开来，无数行粗体黑字跳出来，全是一样的内容，“聊聊吧！”

憋了几分钟，我打出一个字，“好。”

晚上，我找了一处僻静角落，抱紧电话。

听着曹哥熟悉的声音，我有种强烈的预感，这是我们最后一通电话。

“你跟我回家，我们一起当面跟我妈把话说清楚。”

“然后呢？”

“我没想过娶别的女人，你想过嫁给别的男人吗？”

我像吞了枪药，迟迟发不出一个音。

而那边，曹哥似乎也没打算要我的回答。他不停地说着话，语气越来越快、越来越急，像一个做了坏事又不幸被当众揭穿的孩子。

说实在的，在一起六年，我从未见他如此慌张。

然而，我终于听不下去了，对着听筒嚷嚷道："你妈就你一个儿子，她的后半辈子也只能依靠你！既然她早就为你做了打算，你就应该乖乖听话，辞掉唐山的工作，回家去跟在地方有关系的干部千金结婚。"我用手捂住耳朵，继续嚷："这样，你的未来才能好，而不是像现在这样流浪、流浪，我们什么时候才能买得起北京的房子？！"

最后，我说，"曹哥，没有你我可以再找一个男朋友的。"

那边终于沉默。

挂掉电话，我一把抹去脸上的泪，在心里对他说："我这么傻，一定能有别的男生愿意喜欢我，你说对吗？"

09

2015年初，曹哥QQ留言给我，他要结婚了。

看着那行字，我有些不知所措，却努力把嘴角上扬着，微笑固执地给这段感情画上一个尘埃落定的句号。

然后我在网上看到了曹哥和新媳妇的结婚照。那女孩笑颜如花，再看曹哥，胖了一点，人变得更加圆润。

我们终要学会接受期待的落空，世事的无常。

我默默地对自己说："爱情不过是一场排列组合。你和曹哥，终究相遇太早。"

2016 年，曹哥不知从哪要到了我的微信。

加上以后，频频找我聊天，就算我不怎么回，他仍然坚持留言。

“你还在北京吗？好好照顾自己！”

“我最近总想起学生时代的事，好想念那时的我们。”

“天气冷了，记得添衣！”

……

好在他从没要求过见面。

好在……

腊月十七，我生日这天。曹哥意外地打来一通电话，我犹豫很久，还是接起。

“祝你生日快乐啊！小 Y！”

“谢谢。”正准备挂电话，曹哥一个急刹车，说了那句曾经习以为常的话，“聊聊吧！”

于是，就从眼前说起，我跟他讲了很多北京的趣事，他跟我讲了最近几年的生活，非常默契地，没有提及另一个女人的存在。等把这些全都聊干净，曹哥开始追忆。

“你以前坑过我呢，买只有病菌的鸡腿害我拉了好几天肚子！”

“你对我也可狠呢，把我一人丢在北京半年都不来看一次！”

哈哈哈。

哈哈哈。

电话里两个人忘却一切烦恼地大笑着，一如当年的我们。

突然，曹哥不笑了，他说，“我就要有女儿了，”顿了顿，他又接着说，“你当我死了吧，然后抓紧时间找个男朋友。”

我也哈哈干笑两声：“你也当我死了吧。别再打听我的事。做一个好爸爸。”

挂掉电话以后，我知道，我们将在彼此的世界里彻底消失。

既然无缘在一起，不打扰，就是最后的温柔。

况且，一辈子也没多长，不在一起就不在一起吧。

谢谢你，曹哥。

傻姑娘和白眼狼

01

2014 年开春时节，我正在北京朝阳区 CBD 国际大厦三层约见重要客户，谈的是整个部门跟进了半年的重要项目，突然放在桌子上的我的手机，一阵急促的铃声响起。

慌乱之下我偷瞄一眼客户，对方从正襟危坐变到斜靠后，半个身子的重心放在椅子上，此刻正微笑着示意我先接电话。

然而接通电话的第一秒钟我就后悔了，原因不是我没有选择挂掉，而是我情急之下竟按了免提。

于是电话那一头，手机的小喇叭正疯狂地向外冲击着一个悍妇的嘶吼，“老姐，我失恋了，你赶快来西站接我！快！快！快！”紧接着，一阵巨大的嘶吼攻陷我的耳朵，我被震得愣在原地。

02

不用说，打电话疯号的这人是我妹。亲生的。

在此之前，我只隐约听说过她正和一个小白脸打得火热，没想到这么快就吹了，我本计划改天去探下那厮何方神圣，孰料计划赶不上变化。

忙完工作，送走客户，我从国贸打个车直奔西站，二妮从小性格刚烈，我真替她捏把汗。

半个小时后，凭借一双火眼金睛，我终于从臃肿的人潮里，成功捞到那只正无语问苍天的哭丧小妮子。

“说！那小白脸怎么欺负你了？”屁股刚在西站旁边的一家麦当劳坐下，我立马怒眼圆睁。

不问还好，一问不得了。小妮前一秒刚毅得像赴死的战士，这一秒突然防线崩塌，“哇”一嗓门抱头痛哭。

既然是亲生，我太了解小妮子个性。在旁边点个冷饮慢慢喝着，坐等她哭累了，向我诉衷情。

03

我妹和那谁相识于两年前，她在山东上大学期间。

我妹是泰山脚下一学生。那谁是泰山脚下一员工。

那谁的公司就在我妹学校旁边。两人相遇那天，都在附近那家最负盛名的炒菜馆请客吃饭。那天我妹考试没挂。而那谁，好像得了一个优秀员工。

两个人挨着，坐成邻桌。那谁拿了年底奖金，兴致颇高，同事几番上前敬酒，几杯酒下肚，人已飘飘然。

我妹发现自己桌这儿少了一双碗筷，扯嗓子喊服务员三声，无应。遂起身要去前台问。

刚离开座位，那谁上厕所回来，或许是酒醉心急，一下子没看清路，只听“扑通”一声，两人撞个满怀，我妹不及那谁身量大，被他当场撞翻在地。

看到有人倒下，那谁腾地酒醒，揉揉眼睛，就要上前搀扶，“姑娘，你没事吧？”

我妹噼里啪啦迅速站起，习惯性用手拍拍屁股，硬邦邦回一句，“没酒量就别喝那么大，真逞能！”

那谁原本想好好道歉，这下被我妹惹火了，凑到她跟前大叫一通，“你说谁酒量小？敢不敢比试比试！”

那边她的同学看到事态有些不对，纷纷过来挽住胳膊劝，“琳子，走吧，别跟这种人一般见识！”

那谁更怒了，“你们说谁一般呢？”翻着两只眼珠上瞅下瞅，“看你们这打扮，学生妹吧！小小年纪如此说话，真是不知道天高地厚！”

这话一出，那边桌子集体爆发一通大笑，我妹彻底被激怒，两只拳头一握，“比就比！”

04

结果自然是小妮子先吐。听说那天两人把饭店的厕所都喝包场了。一直喝到晚上八点。

围观的两桌人只是图个新鲜，加油喊了半天，看这俩人丝毫也没分胜负的意思，断断续续地走光了。

“你脑子真是秀逗了，喝那么多酒怎么回的学校！”我气鼓鼓地捶她。

“哎呀姐，你猜我为什么会输呢，就是要保持清醒看他醉酒出洋相啊！”

嘿嘿。不愧是“酒鬼”一手栽培的闺女。

但人算不如天算。那谁喝醉了，一点也挪不动道，小妮子本想干脆把他扔在饭店晾一晚，可回头一想到底不仗义，还是用他电话叫来个同事，让人打车把他带走了。

她以为这场拼酒就此落下帷幕，没承想那谁第二天带着一束花找到学校，在校园里到处拽人打听她的名字。

“就一束破玫瑰就把你征服了啊，真便宜！”

“那种俗物我才不稀罕，是我顶喜欢的白茉莉！”

反正，就是这样，两个人不打不相识。三个月后，确立了恋人关系。

05

我妹很爱那谁。

其实也不是那谁长得可爱，或者值得被爱。

我太了解这小妮的性格。“别人但凡给她一分好，她恨不能还上一百分。”

那谁做销售，常常要出差，全国各地东跑西跑很是辛苦。刚热恋的两个人，见面机会也不多。小妮子为了最大化对对方好，攒一个月生活费买了一口好锅，提前在那谁回来的晚上，跑到他家给他烧菜吃。

菠菜鸡蛋、东坡肘子、酱香排骨……顿顿不重样。

有了她，那谁多了一句口头禅，“歇歇吧，歇歇吧，我都让你喂成天蓬元帅了。”

“嘁，你哪有那么帅，你是我的猪八戒。”

那谁不由分说一把上前就把她往背上扔，“我猪八戒要背媳妇喽！”

必须承认，他们也有过短暂的快乐。

06

和那谁在一起的时候，我妹越来越缺钱。

那时我还以为女孩家家终于长大，要打扮，要买衣服和化妆品，所以每个月五百块的生活费才变得拮据。

直到这次见面我才明白，原来那些钱，都拿去给那谁改善生活，提升形象了。

他的尼龙袜子，妹子掏钱买的；他的防雾霾口罩，还是妹子掏钱买的。最不可思议的是，妹子还在他生日那天，下血本送了一部最新款苹果手机。

整整四千块！

“你疯了，哪来那么多钱？”我尖叫着去摇她。

“勤工俭学啊，还有两千块是我在超市做推销挣的！”

我于是赶紧递个白眼过去，并且拿出手机，打出一串数字——“1217”。

“什么意思？”

“你老姐我的生日！该怎么做你知道了？”

“去一边的！我都颓成这样了，你还想着占我便宜。”

“你就是傻啊，付出这么多，被甩的时候可不就心疼那些钱？”我咽下一大口果汁，提着嗓子突然问：“那浑蛋就没给你花过一分钱？”

07

“哗啦”一下，我妹抡起一直放在旁边椅子上的她的背包，将里面的东西一股脑倒在桌子上。

花花绿绿的一堆，真是“烂花渐欲迷人眼”。

我用两只手在一堆垃圾里捯饬半天，才分辨出那堆是啥玩意儿。

卡通头绳、护手腕、风油精……最大的一个，是一顶镶了米老鼠图案的棉帽子。

“这是什么鬼？奇丑无比。”我拿起那顶帽子扔到妮子手里，胸膛已是怒火狂烧。

这顶奇丑无比的帽子，是那谁送给我妹的生日礼物。也是唯一一件生日礼物。

那天，我妹兴冲冲地联系那谁，问他晚上有什么打算。兴许是那谁刚好有空，他立马在电话里约了我妹一块吃饭。

那谁还兴奋地提议：“今晚不醉不归！”

我妹以为这是一种暗示的讨好，直到见了那谁，看到他两手空空，才明白原来他真的忘记了这个重要的日子。

我妹很生气。那谁花言巧语哄了她一个晚上。就在一种“你吃饭，我不吃，你不吃我吃”的又尴尬又奇特的氛围之下，两个人了结了一顿不愉快的晚餐。

春寒料峭，路上有冷风。两个人被冻得直打哆嗦。突然，那谁眼前一亮，指着前面不远处的一个路边摊，扔下我妹，就径直跑了过去。

花五分钟讨价还价，买下了这顶丑到天际的棉帽子。

虽然不是小姑娘热衷的款式，但看到那谁也并不是没一点表示，我妹还是“扑哧”一下，很配合地笑了。

08

真正的矛盾是从异地恋开始的。

小妮子大学毕业以后，在泰山逗留了好久都没找到满意的工作。家里有个亲戚在北京做生意，正好缺个自己人做帮手。

心绪烦闷之际，接了亲戚几个电话，妮子也便答应了。

简单收拾好行李，两个人在泰安火车站上演“十八相送”，约定至少每个月都要约一次会。

但她万万没有想到，那谁果真小气，为了省钱，居然头半年一次都没来北京！

小妮子非常生气，打电话把那谁痛骂一顿。因为刚上班，她没有多少积蓄，两个人分开 8 个月，她才攒出一张去往泰安的火车票。

临行前，她决定要给那谁一个惊喜，故意隐瞒了自己要去见他的消息。

车到泰安已是当晚九点。妮子拖着笨重的行李箱，按记忆的地图前往那谁的小窝。

推开门，现实像上演过 N 次的狗血偶像剧，就在她曾和那谁相拥而眠度过好多个夜晚的床榻上——那谁正和一个姑娘行着苟且之事！

无声的霹雳震碎了小妮子的内心，她感到耳朵“嗡”的一声几乎快要失聪。这时，那谁也发现了我妹。他迅速把手从姑娘腰间抽出，然后保持着僵硬的姿势，一动也不动。

半分钟后，我妹反应过来了，拉起行李箱甩门而去。楼道里一片安静，根本没听到那谁发出一句挽留。

09

那以后，那谁学会了主动联系。

几乎每天都要打上几个电话。碰上小妮子不接，还会耍起夺命连环 Call。

狗皮膏药功力太强，一阵无奈，小妮子只好接起电话。

那谁说：“我对不起你，你骂吧。”

我妹不吭声。

那谁又说：“你怎么才能原谅我。”

我妹还不吭声。

那谁自说自话上了瘾：“我发现我爱的人还是你，求求你不要离开我。”

我妹说：“滚。”

然后“咔”一下掉断电话。

“你这么有勇气啊，那干吗要哭给我看？”

“他奶奶的真的好心疼老娘那些血汗钱啊！”

10

其实，在来北京工作之前，小妮子就有预感他们一定会分开。

她曾给他一道选择题，“一起去北京”，或者变成“异地恋”。她太了解那谁，浑小子是一个不愿意为爱冒一分险的人，如果他真的爱她，那么这道题不是选择题而是必答题。

只可惜，浑小子果然很令她失望地选择了后者，理由是，他一路打拼到今天不容易，现在在公司怎么也算半个销售主管，每个月能挣七八千块。

或许，在他决定这样做的那个瞬间起，两个人就注定没缘分相守了吧。

放弃一个渣男没什么可惜。古往今来的爱情皆如此。谁还没爱过一个人渣，及时止损才是深明大义。可我真的为小妮子感到揪心：“那浑蛋一月八千，竟没舍得为她花去一分！”

所谓白眼狼，大概就是那谁。

在这个世界上，我不知道会有多少傻姑娘有机会碰上这种白眼狼，就如同因异地恋被劈腿以后，小妮子仍然算不出“异地恋被劈腿”的概率。

但我想，世间爱情总是“一物降一物”，有坏的，就必然有更坏。那个白眼狼，哼哼，定会有比他更会使坏、更不真诚的女人去收。

11

这天晚上，为陪小妮子消愁，我特意买回两瓶老白干。

几杯酒下肚，火像刀子一样刺痛胸口。小妮子扛不住，倒在我脚边，痴痴傻傻地问，“姐，你说怎么才能一眼就看出那些追你的男人是不是真心？”

我仰头猛灌一口，回她，“你太看得起你姐了，我一眼都看不出来那些人是不是男的。”

几个回合，月上柳梢头，人醉在四楼。喝高了的我俩，明显兴奋过头。

一般总结完过去，接着就该展望未来。

果然，我妹潇洒地一挥手，唱了句，“那就这样吧，再爱都曲终人散啦。”忽然，她又说，“真后悔没再给他做一顿红烧肉，在里面放点毒药药死他。”

“行了吧，你这和我一样的傻姑娘。”我拉过她，轻轻地摸着她的头。

一切都会过去的。一些人不掉眼泪不能看清，一些道理除非心痛不能读懂。只是江山易改本性难移，傻姑娘没办法上一次当就变精，可人是有思想、有境界的高级动物。

除了爱情，我们有更重要的事要做，比如吃饭、喝水、上茅厕。

那晚，小妮子倒下前对我发誓说，宁缺毋滥，日后若能遇到一个让我神魂颠倒的人，我还是会奋不顾身。

“咔嚓”一声，无声雷劈在我心坎，抱着妮子我不由得默默心疼，如今这世道狼多肉少，你这好了伤疤忘了疼的傻孩子。

爱过一场，最后的相见是你给我的十块钱赞赏

01

做一件事，指望它短期内能有回报。

爱一个人，别计划天长地久。

很多时候，你无法知道，是变故先来，还是明天先来。

更多时候，你爱着一个人的时候，看不出对方究竟爱不爱你。

02

这天下午，我像平常一样坐在办公室里码字。前有编辑部领导叮嘱，后有技术部主管催命，我像匹不知疲惫的小马驹，不得不佯装欢乐地前进在名为“耕耘”的一方土地。

“悲催啊！月薪不到八千，却感觉每天都欠债似的。”默默地舒口气，继续掏心挖肺。

鬼使神差，偏这时候，我竟偷偷瞄了一眼手机。某瓣我的文

章底下，清清楚楚多了一笔十块钱的赞赏。

“哎呀，这是谁如此财大气粗，抬手就是两位数。”好奇心驱使我点开看。

两秒钟后，一个名字扎入眼底，我脑袋毫无准备地短路十分钟。

等回过神来，那个长着一对湖水般眼睛的大男孩，时隔多年，又一次在我心里泛起涟漪。

没错，是他，我曾经的小冤家。

03

2011 年，经过一场激烈的角逐，我顺利进入一家梦寐以求的图书出版公司。

得知被分配到原创组稿部门，我心里还很得意，“起码没事可以自己写东西！”

公司很大，复合式的楼房上下两层都是我们的办公区。毕竟是文化公司嘛，环境清雅那是自然，走廊里，座位间，甚至洗手间里，摆满绿色盆景。如果你仔细看，头顶的天花板也有。

我的工作很简单，就是每天在网上搜罗各种有趣的选题，以及写作能力很棒的具有一定包装品质的明日之星。不过大部分时间，我得改那些不知道谁找来的烂稿子。错别字迭出，语句不通，逻辑狗屁不通……细究下来，一天之内，这些问题足以把人的脑袋弄晕。

一天上午，我或许是中了邪，虽知道有一堆任务等着做，但就是不想动笔。于是乎，跟着惯性来到了某瓣，“吭哧吭哧”爬楼一样翻帖子。

突然，一个“名著改编”的征稿引起我的注意。翻到帖尾，居然还是一个挺出名的出版方。我表示非常有兴趣，嗯哼，有兴趣挣到这笔稿费。

说时迟，那时快。我去加帖子上编辑留的QQ，不一会儿，查找对话框里，惊现一个帅气小伙的头像，“妈呀！这是他本人吗？可真秀气！”霎时间，心竟起了一阵狂跳。

人心肉长，难免为色相所动。忍不住点开细看，小伙子剑眉，星目，满脑袋蓬松柔软的头发。必须承认，第一眼，我就喜欢上了他。

申请很快被通过，我揣着紧张的心情像做贼一样，不知该说些什么。倒是对方很轻松地开头，“你要报名？”

“这下好了啊，看来不是个高冷爱装的人。”我暗自窃喜，抖动着双手在键盘上打出一个“是”，两秒钟后觉得太生硬，又加了一个微笑的表情。

“好，目前我们还在征集阶段，待项目启动我再联系你。”

就这样没了？我既不甘又惋惜，搜肠刮肚试着多找些话题。但无奈太紧张，以至于手心发汗，只好惴惴不安地回一句，

“可以。”

天啊，笨蛋啊笨蛋，你可真是太搞笑，怎么也是二十五六岁的人，怎么今日却像个没见过世面的小丫头？！我简直对自己无语。

让我发愁的是，下次可找什么理由撩他呢？

04

很快，我就找到了破解谜题的方法。毕竟我聪慧过人。

在我的用心观察之下，发现他非常喜欢更新 QQ 签名。几乎是强制性的，每天都会发几条。

大部分跟书有关。对呀，我们都在出版行业，完全可以聊跟书有关的话题！好像找到新大陆般，我内心波涛汹涌。

少部分与电影、生活有关。妥妥一枚文青男，跟我这个文青女简直不要太搭。

有一天，他写到了《红楼梦》。我借机佯装只是兴趣使然，非常努力地跟他聊起宝黛钗。

“林和薛，要你选的话，你选哪个？”我打出一行字。

“有钱的话，就选林。”他明显有些不怀好意。

“没钱当如何？”

“没钱就努力挣钱，然后有钱了选林啊。”

我被他逗得哈哈大笑，把一旁的同事吓一跳。她瞪着大眼睛看我，像看一个神经病。

其实我心里清楚，硬要跟她俩比的话，我还是更像林黛玉。真是太棒了！

05

打开一个话匣子往往很容易。人虽是完全不同的两人，可所处的毕竟还是同个世界，呼吸同一种质地的空气，沐浴同一个太阳洒下来的光。人与人的差异，也可以小到忽略不计。尤其那天晴空万里，两个正值风华的异性，实在没理由不去上演一场“相见欢”。

一来二往，很快就聊熟了，且熟得透透的。

熟到啥程度呢？互换了电话号码。忘记当时谁先厚颜无耻开口问的。

于是乎，上班撩，下班撩，晚上洗漱完毕接着撩。干柴烈火，很快，就约了第一次见面。

——如今啊，怕是再没这么好的兴致了。年岁已大，青春的细胞凋敝，初老的躯壳里，就只剩下吃饭、睡觉的力气。还撩个啥？宠溺小鲜肉之心已死。

可是那时候，我能一次性跟他煲三四个小时的电话粥。好几次下班故意停在地铁口，找个僻静的角落就开聊，嘴巴像开挂一样，非聊到手机关机。

更多时候，我在地铁里有感而发，写些辞藻艳俗的词句给他。天知道，对别的男朋友我从不这样。我猜那些个编程技术男，没时间研究周杰伦、张国荣和村上春树。

爱情，来得猝不及防。我发现我想要对他好。

想给他花我的钱。给他我的身体和舌头。

想每天都能睡在他身边，吃他亲手做的饭。

因为我实在不喜欢下厨房。

06

第一次见面令人印象深刻。

我们当时不在同一座城市。不过两地相距不过区区一百公里。

他提议来我的城市，我拒绝了。因为我想去他生活的地方看看，就好像陈奕迅唱的那首《好久不见》。

抵达已是下午六点。黄昏，落日挣扎着将余晖洒向大地，整个城市变得金灿灿，看起来很好吃的样子。

按照约定，我在他宿舍附近的一棵树下等。远远地，我看到一个身材瘦小的人。

我努力地让自己的五官保持平静、美好。养兵千日用兵一时，这时候千万不能掉链子。

一见面，他笑了，露出一口白牙，“长得也不难看啊！”

“扑哧”一下，别扭感一哄而散，也不怯生地回敬一句，“你长得也还差强人意马马虎虎啦。”

其实，心里激动无比，天啊，虽然个头不高，可那张脸上，竟有很多女孩儿家也没有的明眸皓齿。

真想抠下来安给自己。

你没想错。当天晚上，我们就在一起了。

那晚的房间挑得极好，月色透过薄薄的纱窗映射进来，他在我耳边说着一些让人难为情的话，那气氛，像极了地久天长，仿佛我们这对有情人，已抵达世界的彼岸。

人生若只如初见，只剩甘甜不见酸。可惜最初的时光虽美好，却短暂。

第二天，我就买票踏上回程。他送我到车站，两个人简单抱一下。分开的时候，真想掏出手机直接给领导打个电话，求他放我找爱情。

我的车次开始检票，他没像“正常”的男朋友那样帮我买来水果，吃的，却在回去的路上，写了一篇 2000 字的小文纪念我们的首次相见。

这可能是文艺青年独特的恋爱行为方式吧。谈不上失望，必须承认，我当时正沉浸在对爱情的完美幻想里。

07

后来我又发挥“我很有钱你随便花”的浪漫（傻瓜）主义精神，多次往返于两座城市。异地恋虽然煎熬，可忙起来时间过得很快。

两个人既然没有无缝对接的相处的摩擦，生活自然更容易制造出一些甜蜜。合适的距离产生美嘛！

通过以往的聊天，我了解了他的家庭背景，他从小的孤独的经历。也知道他很喜欢干净清爽，所以会试着挑选一些衣服买给他。

大概女生在陷入爱情时，都会把爱情跟家庭当成一回事。我以为，相爱就是两个人共同组建起一个家庭，我为你生儿育女，你陪我细水长流。

半年以后，我才发现，这条对他，完全不适用。

那是在我心疼他家庭贫困，大学四年也没攒下一台笔记本，然后用自己写了半年，又等了半年才拿到的稿费给他送去一台电脑时，才发现并了解到这一奥义。

从认识他，我就开始走上码字这条路。虽然很想挣钱，可也知道有些钱不能挣——比如低俗的改版权。但一想到，有了钱就可以给他买衣服，可以让他生活得更好一些，甚至存起来做两人以后的家庭基金。我连那种活都接了，没日没夜地干。

第一笔钱，是帮朋友改的一本书，工程完成，我拿到整整两千块。隔天上午，我就兴冲冲打电话跟他要来他的银行卡号，又兴冲冲地把钱打过去。

事办完了，又特别献殷勤地嘱咐一番，想买什么买什么，都给你花！

在我心里，我一直清楚自己非常爱他。但我不了解他对我是什么感情。

他很少说爱，每当我问到特别着急，也只是淡淡地回一句，你放心。

我也知道很多女孩不瞎，都能看见他的帅和那股诱人的忧郁气质。面对他的无所表示，我开始焦虑，抓狂，一个劲儿地猜疑，非要他用我爱他的方式来爱我。

“你到底有没有爱过我？”

“我想死在你怀里；或者，你掐死我。”他总这样回答。

我实在读不懂这是什么意思。相反，每次我看到这样的字眼，都感到无聊至极。

最后那天睡在一起时——其实谁也不知道那将是最后一次见面。可是心细敏感如我们，都感觉到了这段爱情的变质，它不再温暖，不再使人想起它时嘴角想要上扬。

最后那天，我们什么也没做，只是抱在一起说些不着边际的话。后来干脆连话也不说。半夜，又是那清冽一样的月色，透过厚重的纱窗，几乎没在床上和我们的身上留下什么印记。就像一个惨淡的箴言，一切已不同以往。

我醒了。悄悄地别过头，看到一旁的他睡意正酣。轻轻地，我把置放在枕边的他的手机拎了过来。

在一起一年多，我从未查看过他的手机，明里暗里都没有。我们都是有知识有涵养的文艺青年，我尊重每个人的隐私权。

可是今天，我想看一眼，非常想。

怀着一股忐忑不宁的心情，我划开了屏幕。那时候还没流行数字锁，所以很简单就开了机。

我先看了短信。过去一年我随兴为他写的诗词，被删得干干净净，一首都没剩。突然，有条消息引起我的注意。

点开——那是通往我租住地的交通路线。

那一瞬间，有泪水在我脸上涤荡。我似乎感受到了他对我的一点喜欢。

08

分手以后，我很久没再恋爱。常常习惯望着天边发呆，突然就会想起那些曾经一起度过的时光。

他几乎没有为我做过那些我想要他做的事。

可他做了很多他想要对我做的事。

每次见面一定要大笑着把我“公主抱”起，然后绕着台阶走上一圈；

每次一定要请我吃他很喜欢的小沙橘，一边在路上走一边往我嘴里塞；

每次在我手机打电话关机或打到没话费时，停一段时间一定会回打回来；

每次在我给他买东西或充话费的时候，一定会拒绝，如果拒绝不了就好好穿，好好吃，好好用。

他一定是不想剥夺我的开心，所以才一再地满足我。可惜当时的我怎么都不明白，爱人的方式千万种，真爱一个人，就别用自己的一套去苛求别人。

09

关系不好以后，他曾被公司调到我所在的城市工作。

物理距离缩短，但我们却不再像异地恋那时常约吃饭。

两年多以后，我在网络上听到了莫西子诗的那首《要死就一定要死在你手里》。歌里写：“不是你亲手点燃的，那就不能叫作火焰；不是你亲手摸过的，那就不能叫作宝石，”唱到最后，是一个沙哑的男声在歇斯底里，“今生今世要死，就一定要死在你手里，就一定要死在你手里，就一定要死在你手里……”

那一刻我只想哭。

又两年多以后，我重新研读《红楼梦》，读到黛玉吃醋每每责问宝玉，换来的总是那么一句言简意赅的“你放心”时，终忍不住蒙起被子，号啕大哭。

一直以来，我都错误地以为，深情的人是我。但其实我有的，不过是煽情。

记得那天分手时，又是他将我送到地铁口，对着那个深得像大碗一样的隧道，他湖水一样的眼睛看着我，“其实你长得真的挺好看的，”叹一口气，“改改脾气，以后好好生活。”

我以为他至少会拍一下我的肩膀，但没有。

于是我也佯装坚强地走进地铁，固执地不回头。

可我还是软弱地转了一下脸。台阶上，人已去。

一阵风吹来，什么都没留下。

10

没过多久。他在微博的地址就由北京变成了上海。

出轨的爱情，我竟选择原谅

01

窗外艳阳高照，和风煦日。马路上像往常一样，正行驶着密密麻麻的车辆。这一天的北京，像过去任何一天。

这天是上班日，我如常坐在办公室里码字。上午领导交代的事情有点密集，午休睡过半个小时，这会儿正要打起精神集中处理。

忽然，放在桌子上的我的手机振动起来，习惯性地瞥一眼，屏幕显示出那个我再熟悉不过的名字。我很奇怪地接起电话，因为他从来不会在上班时间打给我。

“喂？”满心好奇对方会有什么急事，又因为身处办公室，忍不住故意压低声音。

“贱女人！”一声尖锐的女声传来，我整个耳膜几乎要被刺破。愤怒、猜忌、不惑，这些情绪瞬间汇成一股电流，疯狂地涌向我的脑电波，来人是谁，为何骂我……种种疑问在心里凝聚成河，这一秒不自救，下一秒就湮没。

我料想不会是好事，立即起身离开座位，踩着恨天高"噔噔"下楼，左转，建筑资源利用充分的七楼，好不容易寻得一处僻静。

"你是谁？为什么拿着我男朋友的手机？他呢？"我按住怦怦乱跳的心，向对方甩出好多问题。

"这么笨啊？明知故问，拿着丁的电话，自然是他的女朋友喽！"说完，对方呵呵冷笑两声，挂断了。那短短的一句，字字如刀扎入心脏，眼泪不自觉地涌下，继而手指瑟瑟发抖，全身变得僵硬。

两分钟之前，我以少女之姿从楼上跑下；两分钟之后的现在，我踉踉跄跄魂不守舍，如重病老妪。

关机，请假，打卡，下楼，拦车……赶在几分钟内完成这道流程。直到坐在出租车上，我仍在现实的痛击下回不过神来，丁真的出轨了吗？望着眼前熟悉的高楼大厦，恍如隔世。

02

我努力地回忆跟丁在一起的这两年，思绪混乱。

最初的相识，是在上一个我租房的地方。那里环境清幽，聚集了很多艺术青年。胡同的尽头有一家正宗的云南过桥米线，我几乎每天下班都会买上一碗，后来，就在那里遇到了正在和同事一块吃饭的丁思成。

个子不高，身材微胖，皮肤略白，这就是我对他的第一印象。对我这个严重的外貌控来说，他实在很难达标。可是，平心而论，也确实讨厌不起来。

“好感始于荷尔蒙冲动，恋爱发乎聊天”，碰面的次数多了，两个人彼此之间竟有了一种难以言说的默契。有一天，丁也是一个人出现在米线店，鬼使神差地，两个人临时搭伙吃了一顿饭。

很自然就交换了微信。

又很自然谈起了恋爱。

坊间流传“女大三，抱金砖”，我和丁的确是一对姐弟恋，不同的是我比他要大上四岁。为什么世间男子千万，我却喜欢上一个小弟？

他像所有的男青年一样热爱撸片儿，热爱抽烟喝酒，整天插科打诨嘻嘻哈哈，跟我说话也总没个正形，最可恶的是，大手大脚每个月都“光着屁股”。

我们在北京五环外租的小屋，每个月房租水电要 1600 多块；我们还打算年底结婚，可丁思成连彩礼都还没攒一分！

这样想着，我又问自己一遍，到底为什么会选了他？

可这世上的感情，排不出个一二三四，更说不出个所以然。

喜欢是一种感觉，可以冲破一切世俗规矩而存在。

两年多以来，正是这种喜欢，顽强地包容着丁那一些无伤大雅的小毛病，我也总暗示自己，总有一天，他会长大。

可现在，这份感情出现了真正的危机——出轨，这可比抽烟喝酒、熬夜侃大山的性质严重太多。

03

越想越心有不甘。凭什么呢？这样欺负人。

突然，我想到了躺在我电话簿里的她大姐的手机号。

这位大姐，平常我是不联系的。我脾气古怪，不喜与人交际，大部分时间只喜欢自己宅着，看看剧，啃啃书，唱唱歌，心情不好时就去怼马薇薇、黄执中。丁思成不止一次对我说，出门走走，不要总在家里蹲，小心闷出病！

然而，无果。后来，他眼见无趣，干脆撇开，躲到自己的世界里。

性格迥异，生活方式不同，导致我们常常争吵、摩擦。吵得急了，丁就会说，我太了解你了，你一撅屁股我就知道要拉什么屎。一言以蔽之。

吵架沦为千篇一律的套路，越吵越无趣。

我拨通大姐电话，在听到有人回应的一瞬间，胡乱组织着语言，语无伦次地说着整个事件的经过。

憋了太久，刚挂掉电话，我“哇”一声哭出来。吓得司机师傅一个急刹车，“姑娘你没事吧？”他使劲扭着脖子问。

他到底不如不问，我的手脚更加剧烈地抖动，身体几乎不受控制，可我依然鼓足勇气，从嘴巴里挤出两个字，“没事。”

十几分钟后，师傅不但安全把我送到了地方，还一再安抚我的情绪，问我，“要不要陪你一块去找找？”

我坚持说不用，待会儿我一定会抡丁一个大耳光，这种解气的事他不掏钱我怎么可能免费给他看。

04

孔子言，“唯女子与小人难养也，近则不逊远则怨”。

果然，在北京五环边上的一棵树下，我一见到丁就猛地跑上去，对准他的右脸送上一个响亮的耳刮子。

他自知犯错，没有迁怒于我。我则开始又哭又号，拳打脚踢。用最近网络里很流行的一个词形容，“戏很多”。

在那短暂又漫长的十几分钟里，我清醒地意识到自己已从文艺青年变成一个悍妇。

都是那个可恶的第三者！

丁在整个全程一言不发，任我的拳头落在他的脸上、肩膀和胸膛。

直到我打累了，热出一身汗，又立即蹿到路边，拦下一辆出租车。

回去的路上，我故意脸朝窗外，不去看他。

他故意朝我这边靠，右手过来拉我的左手。我使劲攥紧他的手，又使劲扔到一边去。

为什么会有这么多的委屈？

车子很快驶进我们租住的村子。

再次走进这间不足 25 平方米的小屋，内心是崩溃的，与今天早上离开它时，天差地别。

小屋的地理位置是北京北五环，我上班的地点却在北京东四环。

身为北漂，面对北京令人崩溃的交通状况，人实在没有勇气住到距离公司太远的地方。我可以忍住每天 4 个小时的通勤，早出晚归，完全只因为我爱丁思成——他做商务车行业，通常这样的厂房都建在五环外。

来到人类私密的空间，我尽情发泄，释放出压抑许久的兽性，誓将出气进行到底。

只几分钟，枕头、被子、手机统统被我摔在地上；从书柜到沙发，风卷残云，无一幸免。

丁思成有些不耐烦地喊：“你到底想怎样？”

事已至此。恢复理智的我，只想见见那位传说中的第三者。

05

两周以后一个凌晨 12 点的深夜。在我的小屋里，王南如期而至，用她整个人向我揭开了她的庐山真面目。

时值冬天，室外温度零下，她穿了一件黑色的羽绒服。因为瘦，朝沙发上坐下的一动作轻盈又轻盈。坐定后，她马上从口袋掏出一支烟，慢腾腾点上，抽一口，又慢悠悠吐烟圈。

就着昏黄的灯光，我得以看清她的长相，眉毛剃得细致清爽，眼含灵气，平心而论，长得是挺漂亮。

对比我这种超级不会打扮的人来说，简直天壤之别。

或许因为尴尬，从她一进屋，丁就躲到卫生间去抽闷烟。

我没哭，也没闹，上前抓出他，“给介绍下呗，怎么认识的？”

㞞人㞞样。倒是王南先发了话，“姐姐，我是该称呼你姐姐吧！”说着，扬手弹弹烟灰，“我是 1992 年的，姐姐多大？”

“没妹子你那么水灵。”我完全忘记了疼痛，以一种孤傲之姿回答着，心里想，豁出去了。

到这一步，事情的走向再清楚不过。

我再次去拽丁，对他说，“既然第三者都上门了，你们小两口就一块过吧。”

一点都不出乎意料的，他果然点点头，拉着王南出门了。

那一晚，我失眠了。但经过这一场恶战，很多事都想开了。

徐志摩说，失之我命。

或许命运的红线，早在我们一次次的争吵中，就已断掉。

只是万万没想到，我跟王南还会再见面。

06

丁思成并没有很快就搬走。

他第二天回来对我说，昨晚是脑袋一热，他还年轻，犯了一个错误。

你这是求我原谅吗？我面无表情。事实上，那天早上，收拾完残局，我美美地洗了头发，画了个妆，打算出门去找妹妹聊天。

可丁突然在我面前哭起来。

我决定跟他好好聊聊。恋爱这种事，总要有始有终。

当天晚上，我和丁聊得正欢，门外突然传来王南发疯一样的嘶吼。我料想是她打丁电话好多次，丁没接，这才跑上门挑衅。

她正张狂而邪魅地用力敲打房门，“咚，咚，咚”，我听出这绝对不是拳头的声响。

——我想起多年前赵忠祥老师解说的《动物世界》，人跟人争人的时候，本质上和动物没任何区别。只是我不懂她想争什么？丁的宠爱，还是把我打败。

丁思成让我不要动，可是已经来不及了，响声被寂静的深夜扩大至数倍，又过了几秒，门外响起房东的呵斥声——

“你们私闯民宅，再不离开我就报警了！”

王南几乎是用哭腔在喊：“她抢我男朋友！”

这句话彻底激怒了我，我飞一样地下床穿鞋，飞一样地开门。

王南好像发了疯，惊动了左右上下整个楼层的人还不罢休。房东只好把丁拉出门外，打发他们一块离开。

人群散去之后，她留下来，坐在床沿陪我聊天。

或许是伤口被别人看到，我竟变得有些难以自持，对着她立即打开话匣子，聊我跟丁最近半年的相处，聊我们迥异的个性和北漂的艰辛。

其间，我哭成一条狗，沙哑着声音问大姐，“为什么我明明很努力，却过得一点都不开心？”

大姐显然被我问蒙了，不知所措，半晌没说话，她伸手帮我拉过被子，叫我睡一觉，明天一切都会好。

大姐回屋以后，四周恢复了宁静。我忽然听到楼下有声响。

仔细一听，那是王南在哭。

07

那哭声好像厉鬼索命。

我披上单衣，小心地迈出房门，躲在一个角落，认真地听。

她似乎是在给什么人打电话，喊着想离婚，必须马上离婚。

我不觉心有诧异，难道这个王南，已经结婚了？

第二天，丁向我交代了一个爆炸性新闻，王南是有夫之妇。他说他也没想到，她是有老公的人，并且现在为了跟他在一起闹到要离婚的地步。

用半个小时的时间，我从丁那里得到关于王南的整个故事。

她从小被亲妈抛弃，在养父母家长大。成年后，虽认回母亲，但两个人关系一直淡薄。或许是自小缺乏母爱，王南不爱学习，长成一个任性、飞扬跋扈的女孩。

早恋，辍学，结交社会混混，王南以一种极端又错误的方式，惩罚自己的青春年少，惩罚狠心抛弃她的母亲。

22 岁那年，她玩网络游戏认识一个网友，很快见面，上床，订婚，又闪电结婚。说不出是真的喜欢还是看上了他家的条件，那场恋爱谈得惊天动地，飞蛾扑火。

可好景不长，婚后琐碎的生活击碎了她所有关于爱情的幻想，两人性格的不合，导致吵架渐成一种家常便饭。遇见丁的那晚，王南碰巧喝了很多酒，像是有债要还，平时不爱跟陌生人交流的她，竟拉着丁的胳膊，鬼使神差地跟他聊了一整晚。

26 岁的伤心主妇和 28 岁的不成熟男人，根本没有理智到足以去处理和把握他们之间那种悄然暗生的情愫。

人在脆弱的时候，极其想要倾吐悲伤，极其容易遇见爱情。

当年分手，初恋也是这样爱上别人。

可能对于一个人来说，伤心的时候，也是他最无力最需要安慰的时候。

了解到这里，我不想说“原生家庭”的那一套老掉牙理论，但倘若还有机会再见一面，我很想提醒她一句，你长得这么好看，原本该有幸福的人生。

还有丁，过去两年我始终无视他的存在，一直傲娇地把他的好脾气当成是理所当然。可是今天出现个王南，我也才深刻地感受到，原来这个人我是在乎的。

没人争抢时，金银珠宝也是一堆臭狗屎；有人觊觎时，一堆臭狗屎也可是金银珠宝。

这可能就是人心的黑暗面。

不得不承认，了解了这么多，我没法纯粹地去恨王南，甚至生出一种“同是天涯沦落人”的况味。

“可恨之人必有可怜之处”，这么看来，可恨之人倒比可怜之人更可爱一些。就像《釜山行》里那个拿别人性命去挡僵尸的中年男子，最后才了解他之所以求生欲望强烈也不过是想留一条命回家见母亲。

但，这不是弱者可以肆意伤害别人的理由。

也许吧，世间的爱情终究太过复杂，极聪明智慧、对爱忠诚的人才能把它变得简单剔透。可惜有这种心境的，太少太少了。

爱情不止一种形态，我说不清错爱算不算一种爱。

也许对不够理智的人来说，奋不顾身就是爱。

可对有羞耻心和自尊心的人来说，爱首先该是纯洁干净的。

08

“苍蝇不叮无缝蛋”，问题的根源，出在丁思成身上。

曾经，王南也引此为傲，拿着他的手机发消息嘲讽我，没本事拴住男友心。

解铃还须系铃人。

我们之间的相处确实有很大的问题。王南的出现，让这个问题走向白热化。

小孩子才分对错，成年人只讲利弊。

到了这一步，我也只能朝着对自己有利的方向走。

二十几岁，我分辨好、坏男人的标准只有一个：不花心。可到 30 岁，靠这条经验已经不能帮我挑选出好男人。

——从你选择跟一个男人交换灵魂约定一生的那刻起，你们的爱情就已经处在备战状态，诱惑、无知、失控，修成正果乃至正果之后的路上有重重陷阱。

不管你肯不肯，爱情无非两种结果：打败现实或被现实打败。

就像你闯人生关卡一样，爱情不过是其中一个很小的关卡，只是闯的时候，需要你全情投入用尽全力。

一个巴掌拍不响，冷静下来想想，我也有错。

我太过咄咄逼人，太爱毒舌，太爱发牢骚。过去嫌丁的工作产出与回报不成正比；嫌丁的家人事多，没几个月就要聚会；嫌他太爱花钱打扮自己……

我把太多应当一个人度过的时间，强加给这个人。

尽管那个时候，独处很难得，而我心知肚明。

想到这些，又基于不舍，我最终选择了原谅。

几天后的一个下午，我把其中经过讲给一个好朋友，问她我的选择对吗？

她回了我这样一段话，“你既这么问，就代表不舍多于其他。我尊重每个选择。只是有一点，往事不要再提，人生已多风雨。”

——好一个机警聪慧的女生！我心里暗暗赞叹。

长大以后，随着阅历的增长，人会越活越心胸开阔，并不是抛弃原则，而是世界并不简单到只有黑与白，更多的却是灰色地带。

没有绝对的人。没有绝对的事。

也许“绝对”一词，只适合一加一等于二这样的数学题。

经过这件事，我变成一个不对任何一段感情做期许的人，以更轻松、闲适、随意的心态去面对未来，再也不会想着一劳永逸这件事。

我要变成一匹马，不依傍任何人，在天地间撒欢。

爱情，用一生换一次回眸

爱情从来不是一加一等于二的戏码，爱情是一加一等于一的妥协。因为我们总会知道，如果爱，这辈子就不怕会分开。

假如爱有天意

我们会喜欢上怎样的一个人？他该有着纤细的手指，白皙的皮肤，英俊挺拔又幽默风趣。可当感觉这东西出现时，才发现它根本不会跟着你设定的路子走。

01

2004 年，刚升入高一的树根，只是循规蹈矩在新教室里转了一圈，就在迎面走来的一群人里，看到了那个浑身闪着金光的女孩。

他一直偷偷注视着她，直到她给另一个女孩送完东西，又悄悄附在她耳边说了几句悄悄话，然后，居然走出了教室，再然后，竟然没再回来。

难道她不是这个班的？树根心里犯起嘀咕，遗憾又遗憾，我还没看够呢。

进入一个全新的班集体，大家对周遭的一切都充满了新鲜感，性格开朗的同学很快就打成一片，这相互自来熟的功力令树根啧啧赞叹。

自从见过那个女孩，树根就再也无法忘掉她容颜。连上课的时候，他的脑袋里也会跑出那个女孩俏丽的身影。

不行，我要赶紧打听清楚她在哪个班。可万一，她不在这个学校……“呸呸呸”，想到这里，他冷不防朝空气里干唾上几口，以免那怀疑不幸变成噩耗。

02

果然，你在意的人总能出现在你的视线中。

学生们每天清晨都必须赶到操场做早操。这一天，树根刚在自己班级的阵营里站定，正抖抖胳膊抖抖腿舒络下筋骨，就看到一个女孩风驰电掣般地朝着这边跑来。

呀！那不正是那个“她”？树根激动得快要原地爆炸，费老半天劲才按捺住这颗骚动的心。

女孩迟到了，一路小跑，终于停在了离自己不远处的某个位置上。

树根“嘿嘿”一乐，原来是隔壁班的，小妮子你跑不了喽！

顺利解开疑惑，树根把早操做得斗志昂扬，生机勃勃。

03

从此以后，他每次撒完尿从厕所回来，经过隔壁班教室时都自带一种“仪式感”——偷偷朝里面瞄一眼，佯装潇洒地哼着小调慢慢挪步移开，背景独白大概是泰戈尔那句“天空没有留下翅膀的痕迹，但我已经飞过”。

你没有看见我看着你时那深情的样子，但我正在沦陷。

不久之后，新生入学的第一次期中考试来了。而正是因为这次考试，给树根带来一个几乎是致命的打击。

他以市里初中部第一名的好成绩升入这所教学水平一流的高中，原本是沾沾自喜的。他认定自己的成绩一定可以秒杀整个高一年级。学生时代，没有女孩可以逃过男学霸的魅力，说不定那位心中的女孩，会因此对他刮目相看呢！

然而，考试成绩榜张贴的那一天，在他看到榜单的那一瞬间，心脏几乎骤停，不由得倒抽一口冷气！

红红的榜单上，最上面也就是第一名的位置，竟然不是他的名字！他的名字下滑到了第二位！也就是说，他被一个名叫“李天意”的人给打败了。

这人谁呀！名字这么搞笑，爹妈给起名李天意？狠狠地瞪了那名字三眼，树根仍然不能平复心情——他对这个名字意见太大了，天意，难道考试第一也是天意所为！老子偏就不服呢！

抱着一种“我倒要看看这人何方神圣”的心态，树根根据榜单的提示，敲了敲隔壁班的门。

李天意，有人找！他斜靠在门框上，对着一屋子人望眼欲穿。

不一会儿，一个书生气质的女孩绕过讲台，款款向他走来。

“同学你好，请问谁找我？”这声音，有点甜，有点软，听得人一颗心都忍不住要化了。他朝着这位比自己矮了半头的女孩看去，就一眼，天塌地陷。

怎么是她？那个我中意的女孩！

这时，感觉到他有些古怪的女孩，抬手轻轻动了动他胳膊，“同学，你在听吗？”

“啊啊啊”，凌乱之中树根一阵乱叫。

04

意料之外的这第一次的交流，树根才知道，自己喜欢的女孩名叫李天意，李天意是隔壁班班长。

李天意居然学习这么好！树根感到又惊喜，又沮丧。

下午上课时，班主任果然不新鲜地对这次考试的成绩重点做了总结归纳。讲到树根时，他忽然从讲台上走到他身边，语重心长地下达命令：“小根啊，你以前可一直都是第一名啊，可是你看这次人家隔壁班的李天意，一下子考到了你前头。”突然，一只手拍在树根的肩膀，“人家可是个女孩子，你要争气一点呀，要不然老师的老脸都没地方搁了呀。”

是啊是啊，我怎么能输给一个小丫头！树根暗暗下定决心，下次考试一定要让李天意好看。

事实就是，他这个一向自诩是文曲星下凡的人，也开始疯狂地把头埋进题库中。白天认真听课，晚上熬夜学习。

结果就是，一直没能反超。

李天意不会真有什么特异功能吧？在一次次的挫败下，树根开始给自己挖坑，或许是觉得那女孩如果真是天赋异禀，他输起来也好受一点。

从那次相识以后，树根就跟李天意要了 QQ，不过她说平常都在学习，很少玩手机，所以叫他别期待能有回复。

这天晚上，树根默默地盯着李天意的 QQ 头像，然后把她的备注改成了“大姐大”。

愿赌服输，没有比较，就没有觉悟。

05

高中三年，大姐大果然没回过几次树根给她发的信息。但他觉得这是件好事，大姐大两耳不闻窗外事，一心要考到复旦。

她没时间搭理我，肯定也没时间搭理别的男生，树根心里一阵美，除了我，说不定没人敢爱慕一个女学霸！

很快，高考的日子就到了。

很快，高考结束了。

填完志愿，同学们彻底疯了。累积三年的课本、试卷，撕的撕，扔的扔，树根作为班长，决定组织大家去大饭店集体撮一顿，也就是传说中的“散伙饭”。

一帮人刚走进饭店，树根又是一眼就看到李天意她们班就坐在里面一张桌子前。

安排同学落座以后，他就没心思管这桌人了。眼睛一个劲儿地朝李天意的方向看。终于，等到了她离席上厕所的瞬间。树根想都没想，一下子跟了过去。

喂，李天意，你估分多少？

李天意看到树根，潇洒地一回头，报了个分数，688。

“哗啦”一声，树根的心最后一次悄然破碎了，又比人家少出 10 多分。

半个月后，树根从老师那里打听到，李天意估分精准，已经顺利被上海复旦大学录取。不过幸运的是，他也拿到了北京外国语大学的录取通知书。

其实，自从他知道大姐大的梦想后，在填报志愿的那一刻，是非常想把第一志愿填到上海的。可是，直到高考结束，大姐大始终也没回过他的微信。

于是那年九月，一个北上，一个南下。其间再无交集。

06

大学毕业后，树根留在了北京，成功入职一家世界 500 强外企。

一天，他被公司公派到上海出差。高铁到上海站，树根一下想起大姐大，疑惑她毕业后还在不在上海，就给对方打了个电话。

没想到大姐大果然留在了上海，目前在另一家世界级 500 强公司做文秘。树根在电话里约她吃饭，还撒娇办完事要有时间就拜托大姐大当导游，一块儿来个上海一日游。

孰料，人算不如天算，大姐大那天临时被喊去加班，因为是老板要的重要文件，所以实在脱不开身。

接到大姐大一味道歉的电话时，树根心里五味陈杂。挂掉电话后，他不禁仰天长叹，没默契到这种地步，果然也是老天注定。

在返程的高铁上，他忽然想到，大姐大已经有了男朋友，而自己也有女朋友，如果真的就那么去约会了，好像也不太说得过去。

这么一想，他似乎也没那么遗憾了。

07

后来，树根从一而终地在大企业默默奉献了三年。

2014 年，年轻人中兴起一股创业热潮。他也不想一直给别人打工，靠一份死工资过活，就主动提出辞职，然后开办了一家影视传媒性质的工作室。

由于经验不足，工作室起步很低，经营困难。树根想，万事开头难，也许坚持下去就会有好转。但很不幸的，仅仅两个月之后，他就连员工的工资都发不出来了。

没办法，怀着一颗沉痛的心情，他只好宣告破产，首次创业就这样失败了。其间，因为工作太忙，不止一次疏忽了女朋友，令对方特别不满。两个人爆发了好几次大的争吵，感情岌岌可危。

屋漏偏逢连夜雨。就在他告诉女友创业失败的那个晚上，女朋友再也无法忍受这鸡飞狗跳的生活，风风火火地收拾好行李箱，一脸鄙夷地向树根提出分手。

那晚的他，特别丧，丧到没力气再去对这份感情做出挽留。

都是成年人，闹来闹去没意思，他想，然后他抬起头，佯装潇洒地对女友回之以一个微笑，走好，不送。

创业失败，失恋……双重的打击令他一蹶不振，半个月过去了，树根依然没有重新找工作的心情。

心情极度灰暗落魄时，他鬼使神差地点开了李天意的 QQ 对话框。也没考虑这次对方会不会回复，径直打了一行字在上面：

“心情抑郁，看不到未来，就想找你聊会儿。要是打扰到你，请原谅我的无心之过。”

几秒钟后，手机“叮咚”响了一声，他拿起来一看，简直不敢相信自己的眼睛。

“干吗跟我这么客气？你这是受什么刺激了？”回消息的人，正是李天意。

08

那是李天意回的第一句话。

紧接着，李天意说了一句话，“同是天涯沦落人，我最近一年也各种倒霉。”

一听这话，树根赶紧也顾不上自己了，一头扎进“十万个为什么”的深海里。

原来，大姐大因为考研的事，跟大学时谈的男友分了手。男方不想要她继续上学，理由只是因为接受不了异地恋。

大姐大是个很有主见的女孩。虽然对这段感情看得很重，但她考虑得也多。

“要是一个男人，还没成为我老公呢，就已然不能够支持我的梦想了，这还怎么嫁？”李天意对树根说。

我百分之百地支持你的梦想，所以你会考虑下我吗？树根差一点就要打出这句话。不过李天意刚分手心情不好，她肯定不想这么快就开始一段感情。

而且，李天意会喜欢自己吗？彼此认识都十年了，要能发生点什么，早就发生了。这么一想，树根颓了也醒了，反正没戏，先这么随意聊着吧。

却没想到，“有意栽花花不开，无心插柳柳成荫”，他不去在乎这件事，这件事却有眉目了。

那阵子，李天意的话居然渐渐多起来。两个人那小半年聊的，比认识十年加起来聊的还要多。

更惊讶的是，李天意还学会主动问候了。每天晚上都会给树根发一条晚安。

树根又开始想入非非，“书上不说了嘛！晚安背后所代表的含义是‘我爱你’。”

09

这期间，树根重回公司上班。不知道是不是因为有了要娶李天意的目标，他干活比以前更加卖力。

这期间，家里人一直因为他没对象的事，一遍遍打电话催他回去相亲。

树根想想李天意，这怎么能答应？哥可是很快就要有主儿的人。

果然，风风火火地联系了八个月，李天意和树根双双坠入爱河，搞起了网恋。

树根更拼命地工作，每个月都主动申请出差。为了能去李天意的城市看她一眼，他不惜每天晚上干到凌晨十二点。

爱好学习、视成绩为第一的李天意，突然也变成另外一个人，为了赴树根的约会，生生翘起了课。

再后来，李天意的父母也开始逼婚。

树根想，再这么保密下去也不是个办法！干脆年底带上大姐大回老家。

大姐大本来就是个漂亮妞子，为了见人体面些，买了好多漂亮衣服，临近年关，还特意办张美容院的贵宾卡，去做了全身护理和面部美容。

再次见到大姐大，树根的眼都看直了。

“我想骂人。”

“为什么？”

“高兴得想骂人啊！你真是太美了！”

10

两个人手挽手地回了树根老家。

刚一进村口，树根一眼就看到了正站在牌坊下面的爸爸妈妈。

“一会儿你看我眼色行事。”下车时，树根有些紧张，冷不防又嘱咐大姐大。

孰料，他们还没走到跟前，树根爸爸哈哈大笑一声，“这闺女咋瞅着那么眼熟？”紧接着又问，“你家是不是 ×× 村，你爸

爸是不是 ×× 呀？”

树根一看大姐大，这小妞像被雷劈一样，完全愣住了。

他赶紧悄悄推一把，只听李天意温柔地回答，“是呀是呀，”忽然一下反应过来，冲树根笑道，“原来你就是我爸爸一直要介绍给我的那个相亲对象啊？！”

四个人不约而同地大笑起来。

11

那年正月，树根就和李天意欢欢喜喜地办了婚礼。

扯结婚证那天，树根特别要求李天意同学找来了当初的高中毕业照。

他看看自己的，再看看她的，笑得直掐她的脸，想不到啊想不到，十年同窗，十年暗恋，我一直以为自己没戏了，到最后，还是逃不过“天意”呀！

念念不忘，必成眷属

“谢冰，你不要命了。”“你就是我的命。”女孩子还在抽搭，旁边的男孩坏笑着。

01

这是一个典型的东北工业化小城，双职工家庭特别多，20 世纪 80 年代的后期，厂矿家属院里，一群孩子在大榕树下玩“尿炕”，一种土堆上插一根树枝，谁扒土时树枝倒下来谁就输了的游戏。不知怎么回事，好几次都是一个扎着羊角辫的女孩儿把树枝扒倒，旁边的孩子都起哄喊：“赵梦甜，尿炕，赵梦甜，天天尿炕。”

这个叫赵梦甜的小姑娘脸上终于挂不住了，哇的一声哭了出来，全是土的小脸蛋上瞬间多了两条小溪。

孩子们一哄而散，小姑娘还抱着膝盖哭着，这时旁边走过来一个戴着红领巾的小男孩，悄悄地蹲在她身边，小姑娘猛地抬起头来：“谢冰，不许看。”

“好好，不看，你看我给你带什么了，我妈给我买的果丹皮我都给你留着呢。”小女孩儿愣了一会儿，扑哧一声笑了，伸出小手就要接果丹皮，男孩儿从书包里拿出手绢，给她擦着小脏手，然后把剥好的果丹皮递给她，看着她狼吞虎咽到都顾不上眼角的泪花……

02

“明天给我带五块钱，要不看我不揍你。”一个染着黄头发的男孩把一个低年级的小姑娘逼到教室的角落里。小姑娘吓得瑟瑟发抖，看着男孩儿不敢答话，低着头默默地走出教室，第二天吓得说什么也不去上学了。

第三天，谢冰在楼下喊：“赵梦甜，赵梦甜，下来上学了。”好半天，赵梦甜才把窗户推开一点招呼他上来，“谢冰，我只告诉你一个人，周亮让我给他五块钱，我没有，我上学他要打我的。”

“废物，你打我的厉害劲儿呢？”

“我……”

“我什么我，收拾东西上学，有我呢。”

赵梦甜怯生生地拉着谢冰的衣角亦步亦趋地走向学校。谢冰比她大两岁，高两个年级，但这时的他却像个小勇士一样走在赵梦甜的前面。

在门口他们果然遇到了周亮，看到他盯着赵梦甜，谢冰走到高自己一头的周亮面前说“有什么冲我来”，回头对赵梦甜喊“快跑”，赵梦甜吓傻了，疯子似的跑向教室，也忘了那天周亮的威胁不许告诉老师了，拉着班主任一路小跑冲了过来，周亮当然不能再在学校横行了，但谢冰的脸上也多了个黑眼圈。

03

谢冰上了高中后长得越发帅气，每天围在他身边的女孩儿有一大群，又打一手好篮球，每次在篮球场都是最拉风的，女孩子的尖叫声此起彼伏，但谢冰最在乎的是赵梦甜在不在，虽然在一个校园里，但见面的时候并不多，赵梦甜还在读初三，准备中考学习很紧张。

这一次是两个高中的比赛，赵梦甜还是去了，比赛打得特别激烈，谢冰精湛的球技给球队赢得了高分，成功吸引了在座所有女生的目光，结束后，一个叫莹莹的女孩走到谢冰面前，又是擦汗，又是拿水，这一切赵梦甜看在眼里，心里却有了一种从没有过的失落，她走向谢冰的脚步忽然停住，转身跑了出去，跑到操场大口大口喘着气，这么多年，她一直没意识到，谢冰天天护送她上学下学，她受了欺负第一时间冲过去，有什么好东西都留给她……

她早就已经习惯了，今天是怎么了？她忽然听见后面有脚步声，一回头谢冰笑着看着她。

“谢冰，你离莹莹远点。”

“嗯。”

“你离别的女孩儿也远点。”

“嗯。”

赵梦甜也不知道为什么霸道劲儿又上来了，还没来得及细想，谢冰上前一步，低头把嘴唇搭在她的嘴上，赵梦甜一脸通红地推开他，甩下两个字，“流氓。”

04

谢冰高三那年退学了，本来学习也不怎么样，当初高中也是他爸花了好多钱才上的，这回因为哥们儿义气，和别的学校的学生打群架，认错态度又不好，理所当然被开了。

他爸气得也不行，就让他跟着跑大挂。跑长途很辛苦，但只要一回来谢冰脚都不歇，大包小包带着从各地买来的特产去学校看赵梦甜。

赵梦甜上高中了，她爸前几年下了岗，家里条件更差了，可她从来没断过各种营养品，谢冰把牛奶、水果按时送到学校去，有时还不顾赵梦甜的反对给她零用钱，每次他都掐着她的小脸说：“要是饿瘦了，我饶不了你。”

转眼间高三了，有一天，谢冰去学校没看见赵梦甜，却看见赵梦甜她爸。

“甜甜将来是要考大学的，你一个混混，有什么资格追她？”

此后，谢冰再也没来过学校，他把东西托同学带过去。有几次，不明就里的赵梦甜来找他，他也避而不见。

没多久，赵梦甜不负众望考上了首都的一所大学，临走的时候谢冰来找她，告诉她他会去北京找她，他一回家，就跟爸妈闹翻了，说什么也要去北京。

他妈说：“那个丫头有什么好，你在这边，以后你爸整个货场都是你的，到北京你可什么都没有！”

“我去定了，这辈子赵梦甜在哪我在哪！”

05

刚走进象牙塔的赵梦甜，看哪都是新鲜的，熟悉了校园生活以后她把大部分时间都交给了教室和图书馆。

开学两个月，一天她接到谢冰的电话，约她出来见面，刚走到校门口，就看见谢冰手插在裤兜里，整个人靠在一辆车旁笑着看向她。

“谢冰，你什么时候来的？”

“来了一周了，在一个哥儿们的车行，安排好了就来看你了。”赵梦甜心里像烟花似的炸开了，她心里知道，这么多年，谢冰在身边，她心才安。

接下来的日子，赵梦甜继续两点一线地生活着，谢冰刚开始在哥们的车行帮忙，几个月后发现了租车行当的商机，就自己出来创业，平时特别忙，但到周末不管有什么事，他一定会空出来去找赵梦甜，带她吃好吃的，买漂亮的衣服。

一年下来，整个北京包括北京周围的景点没有赵梦甜没去过的。寝室里的人都调侃赵梦甜可真不像是穷学生。

那时刚开始流行用手机，谢冰就给她买了最新款。

06

大三那一年，赵梦甜接到爸爸的电话，爸爸告诉她，在北京的大伯给她介绍了个朋友，本地人，家里条件很好，承诺以后可以给她找正式的工作。

赵梦甜坚决不答应，气得爸爸在电话里大声骂她，知道她和谢冰在一起，放下狠话只要他还活着她就别想和他结婚。

之后爸爸断断续续打过来好多电话让她去相亲，她都拒绝了，直到她从妈妈口中得知，爸爸这几年当装卸工，身体越来越差，一直靠大伯寄药寄钱地接济着。想到这里，她觉得哪怕是为了还大伯一个情分，那人她也应该见见。

那天，赵梦甜和男方约在一个饭店见面，男方的父母也在，可以看出这家的父母十分高傲，一口一个“你们外地人”，男孩也和他父母差不多，这顿饭吃得十分尴尬，赵梦甜以为吃完这顿饭一切就会结束，谁知回去以后，大伯就打来电话，告诉她那家的男孩特别喜欢她，话语里带着不容反抗的坚决。

这一年，谢冰到处跑生意，有时离开好几天，虽然也打电话过来，但她始终感觉缺点什么。父母和大伯总是打电话过来询问他们的进展，话语间带着逼迫的意味，大伯甚至明确告诉她，如果她不答应，以后爸爸的特效药就自己想办法。

赵梦甜的心里很乱，又恰逢谢冰出差，她打电话过去，谢冰正在接待客户，她听见旁边有女人的说笑声，就很生气地挂了电话。

谢冰以为她只是耍耍小女孩脾气，以前也有过，过几天就好了，也没太在意；赵梦甜以为谢冰会过来和自己解释，结果看到的却是朋友圈里更新的谢冰和女客户到处游玩的照片。她直接发过去一条短信单方面宣布了分手。

谢冰知道赵梦甜这次来真的了，回去急忙去找赵梦甜，谁知道她电话、短信不回，面也不肯见，还让同学带话她已经和别人好了。

07

就这样过了半年，谢冰也真的几次看见有一个开着豪车的男孩多次来学校找赵梦甜，他们有说有笑，家里人也告诉谢冰，赵梦甜找到了一个北京人，有权有势，让他不要再痴心妄想。

谢冰想到或许两个人真的都该冷静一下，就也没有再刻意去找过赵梦甜，只是偶尔托同学捎东西给她。

七月，热了一天的北京，后半夜突然狂风大作下起大雨，刚睡下的谢冰被一阵急促的铃声震醒，“你好，你是谢冰吗？我是赵梦甜的同学。”

谢冰一下子就清醒了。

挂掉电话，他赶紧拿了车钥匙就往外走，冒着雨把车挂到最高挡，很快就来到了同学提供的地址——××酒吧。

他一下车，刚刚冲到里面就看到自己心爱的女孩正被几个彪形大汉，强按着灌酒。“怒发冲冠为红颜”，谢冰撸起袖子就冲上前跟那几个男人扭打在一起。

寡不敌众，很快，他的鼻子就被两个人揍得喷了血。此刻，蜷缩在一旁的赵梦甜被吓得大声哭喊着，“冰哥，你快走！”扭打中，谢冰回头看了赵梦甜一眼，冲她露出一个淡淡的微笑。

没过几分钟，警笛鸣响，一大帮警察拥进了酒吧，问清状况后，将那几个肇事者带走了。

赵梦甜飞速地跑到谢冰身边蹲下，从怀里掏出手绢给他擦额头和鼻梁上的伤痕。斑斑血迹，鲜红夺目。赵梦甜心疼不已，一下将谢冰抱在怀里。

“傻丫头，如果你被他们带走了，我才是真痛呢！”谢冰也一把将他心爱的女孩搂在怀里，暗暗地想。

作为打架事件的参与者，他和赵梦甜也被警察带回去做笔录。

警局门口。

“你知道他们多少人吗？”

“不知道。”

“你知道他们是谁吗？”

“不知道。”

“你知道开车那么快会发生什么后果吗？”

“不知道。”

“你知道什么？”

“你在车上。”

“谢冰，你不要命了。”

“赵梦甜，你就是我的命。”

08

赵梦甜的父母得知打架事件后，考虑到女儿是真的不喜欢跟那个男孩来往，也就渐渐打消了要促成他们的念头。

奇怪的是，自从那天以后，谢冰也仿佛人间蒸发，再没过来找过赵梦甜。

日子似乎不好不坏。但就在这时，在北京继续读书的赵梦甜接到了母亲打来的电话——她的爸爸旧病复发猝然离世。

赵梦甜伤心欲绝，立即订了回家的机票。

第二天中午，回到家的赵梦甜，一眼就看到了躺在正屋灵堂里的爸爸。一旁的妈妈早已哭干双眼，脸色憔悴得令人害怕。

想到前不久，自己还因为感情的事跟父亲在电话里激烈地争吵，而此刻他却躺在冰冷的灵堂里失去了生命。那一刻，她无比悲伤地意识到，她再也没有爸爸了。心痛到无以复加，眼泪"唰唰"地往外涌。

突然，她看见父亲的床前跪了一个全身披麻戴孝的男孩，正在给亲人们还礼。她上前一看，才发现此人不是别人，正是谢冰。

原来，从爸爸病重后，谢冰第一时间出现在她家里，开车送他去医院，帮忙找病床，又联系认识的主治医生，还替爸爸交了住院期间的一切费用。现在，人去世了，他又以孝子的身份打理着父亲的身后事。

想到这里，赵梦甜越发感觉到自己的不孝，跪倒在父亲床前痛哭失声。

谢冰看到了，走过去一把将她抱在怀里，对她说，"甜甜，你还有我，永远都有一个我。"

一片泪光里，赵梦甜轻轻地点点头，她确定了，这个男人会是她一生的依靠。

09

“我可没非得让你嫁给我。”

“是我非得嫁给你的，行不？”

婚礼上，赵梦甜的舅舅代替她父亲的角色，将她的手郑重地放到谢冰手心里，“孩子，甜甜就交给你了。”

“放心吧，舅舅，我会用我的一生去呵护她，照顾她！”谢冰单膝下跪望着赵梦甜，女孩泣不成声。

洞房里，谢冰的哥们儿把一碗生饺子递给赵梦甜，赵梦甜咬了一口吐出来，大家起哄，“嫂子，生不生，生不生？”

赵梦甜红着脸，“生。”

“大点声，听不见。”

“生。”赵梦甜提高八个分贝。

谢冰在旁边一脸坏笑。

10

夕阳西下，吃完饭的一家人坐在小院里，赵梦甜打碎了一个杯子，蹲在地上刚要捡，谢冰连忙走过去把她拉到一边，自己半蹲下身子边捡边撒娇，“妈，你姑娘可太笨了，你领回去吧。”

旁边赵梦甜的母亲一脸笑意，“行是行，可我姑娘是我的宝贝，跟你这么久了你可得给利息。”

这时，一个虎头虎脑的小男孩钻进老人的怀里，指着赵梦甜的肚子说，“姥姥姥姥，我和弟弟就是利息。”逗得一家人全体大笑。

老人慈爱地搂着外孙。赵梦甜微笑地和谢冰对视一眼，感慨道，有你真好。

你是张志明，而我恰好是你的余春娇

01

阿一来自苏州，是正宗的南方人。妥妥的“90后”，今年刚好26岁。

阿一喜欢看书，喜欢一切文艺的花草、雕塑，可能是苏州一代的吴侬软语培养、陶冶了她这份情操。

阿一把文艺青年的光芒发扬光大，没事就喜欢到处走，像一只自由的百灵鸟。

这一天，是她在杭州前的最后一夜，不想浪费好时光，阿一像往常一样走进一家书店，它的名字很独特，叫作回味。

“就像往事只能回味”。阿一预感到，这里一定会发生什么有趣的事。她默默地走到一排书架前，就在她要拿起那本书时，突然碰上别人的一双手。

阿一没一点心理准备，吓得手指瞬间缩回，习惯性地冲着旁边的人弯下腰去，“对不起，对不起！”

那人没有回应，却发出哈哈一声大笑，“你哪里对不起我啦？不就是刚好撞了爱好而已嘛！”阿一听见一个好听的男声，这才抬起身子，发现面前站着一个看上去同年纪的男生。

“你也喜欢这一本啊，”男生依旧笑着，“不如坐下来一起看啊！”

这下轮到阿一犯傻了，她愣在原地，不知道这是什么招数，以及要不要答应。

但就是因为那本林奕华的《红玫瑰与白玫瑰》，两个人不撞不相识。

02

原以为这不过是一次普通的邂逅。尽管那天两个人坐在一起，萍水相逢地看完了一本书，可阿一想，自己明天就要离开杭州了，她跟这位男生应该不会有故事。

奇怪的是，当书翻到最后一页时，男生突然提议聊天。阿一反正也是一直喜欢奇遇的人，当即腼腆地点点头。

男生先做了自我介绍，他的名字叫作广厦，喜欢读书和饲养小动物。当阿一听到整个江南的书店他都去过时，当即惊掉了下巴。

阿一本是慢热的人，从苏州到杭州来回多次，这还是头一回遇到和自己这样投缘的人。她不知在哪时卸下防备，叽里咕噜地和广厦唇枪舌剑，从春秋聊到唐宋，又从文学聊到音乐。当阿一骄傲地说，“我的偶像是张国荣”时，轮到一旁的广厦惊得睁大眼睛，他推推眼镜，声音激动地附和，“我也是我也是！”

什么叫作“一见如故”“今日识你，管它明日山长水远”，阿一算是见识到了。当即相约，来日再见。广厦却说，“干吗来日，明天我要搬家，你一定要来。”说完，扔给阿一一张写着他住址和电话的字条，头也不回地走了。

阿一捏着字条心里发狠，“哼！我干吗要听你的啊？”可是想到好久都没跟一个人聊到这么愉快，她只好把火车票改签。

03

阿一在杭州有一个好朋友老斗，联系了老斗才知道，广厦居然也是她的好朋友。两个人干脆一块去搬家。一路上，老斗同阿一热情聊天，车子载着两人行过杭州那些相似的街道。

到了广厦的家，一进门，两个人都被眼前的场景吓住。小院正对面的一间屋子，广厦正挥汗如雨，他脚下到处堆满了书籍。

看到阿一，他远远就喊，“快过来帮忙！”

阿一走进才发觉，现实有多可怖。“你家里闹书灾啊？”

“少说啦，这些可都是我的宝贝，有一千多本呢！”听完这话，两个后加入的人只好立马撸起袖子，面朝散书背朝天地开干。

慌乱中，阿一捡起一本《男欢女爱》的性爱指导手册，猝不及防地弯腰嘲笑广厦，“你个单身狗还看这种书啊！学会了也没有女朋友可以讨好呀？”广厦则一把夺下，不以为然，“技多不压身，我早晚会有女朋友的嘛！”三个人一起哄笑。

搬完家，两人继续搭乘老斗的车前往新家。

也许是刚才一阵热闹的搬书运动，阿一活动开了筋骨，胆子也跟着变肥，她竟自作主张地对广厦说，“以后就叫你大广！”

广厦呢，当然丝毫不计较，简直是一秒恩允，“在下谨记姑娘搬家之恩！”

04

只是没想到阿一就这样在杭州待了下来。天气好的时候，和广厦两个人天天逛书店。

广厦也是“90 后”。大学毕业后，没找相关专业的工作，而是因为喜欢读书，应聘到杭州一家书店。后来，在家里人的支持下，又开起一家小书馆。他跟老斗，更是因书结缘。

两个人熟悉以后，阿一发现广厦还是个很喜欢开玩笑的人。

一天，两个人正在书架前走。大广眼尖，看到一本书，突然一把扳过前面阿一的脸，佯装成失忆的样子问她，“你看过莱昂纳德·科恩的传记吗？”

阿一猛地点头，果然上当。

“叫什么名字来着？”大广又问。

“《我是你的男人》。”阿一不假思索。

大广“奸计得逞”，哈哈笑出声，笑完以后对阿一说，“你说得对，I am your man.”

再看小阿一，已经面红耳赤啦。

05

没有天崩地裂海枯石烂，阿一和广厦就这样发展成了男女朋友。

只是相处再久，阿一也有自己的事情要办。才确立关系两天，她必须返回苏州了。

分手前，两个人再次来到回味书店。

点了一杯意式咖啡，广厦紧紧握住阿一的手。

“能不能不走啊，以后我都不敢来这里看书啦！”阿一一点都没想到，广厦这个大男人竟会对她撒娇。

“这家书店好神奇的，”阿一用力回握着广厦的手，“我只离开一两天啦，每个星期都会来看你的。”

临走的时候，她特意买下科恩的传记，一把塞到广厦手里，拿好了，我的男人，来日它就是我们相认的证物。

直吓得广厦紧紧地把书攥在手心里。

06

大概是因为有了广厦。阿一这次是抱着恋恋不舍的心境，回到了苏州。

相恋第 14 天，两个人好到已经给以后的儿女取下了名字。

这天早上，阿一正在自己居住的平江路青年旅舍发呆，突然接到广厦的短信，叫她五分钟后去先锋书店。

阿一懵懂又惊喜，摸了几把头发就匆匆蹬上鞋子，像箭一样飞向 200 米开外的先锋书店。

一进门口，果然是广厦。

他一见到阿一，第一个姿势居然是冲到她身前，然后蹲下。

阿一不明所以，一低头才发现自己的鞋带开了，大概因为刚才跑得太快。

广厦三下两下系好鞋带，抓住阿一的手，带她来到一张凳子前坐下。

眼睛里闪着亮晶晶的光，他激动地告诉阿一，“阿一阿一我要来苏州上班了，以后都陪你好不好？”

阿一兴奋到嘴巴发不出一点声音，她怎么都不相信广厦居然这么快就把自己生活的重心从杭州转移到了苏州。

广厦立马跳起来，抱住阿一笑。

但是他们又马上反应过来此地是书店，不得大声喧哗，遂捂起嘴巴继续小声地笑。

两个人很快在苏州租好了房子，阿一也从青年旅舍搬了出来。

第一天，广厦给他们的小窝抱来一只全身黑色的小猫，因为这只猫一天 24 小时循环爬床又循环被赶下床，遂被赐名“可爱多”；阿一则成了采办，一趟趟把锅碗瓢盆等生活用品搬回家。

待铺好一床粉红色的棉被，两个人舒舒服服地躺上去。阿一还感觉这一切像是在做梦。这样说的时候，广厦轻轻地捏捏她的小耳朵，用嘴巴在鼻子上盖了一个章。

07

那段时间，两个人见了不少阿一的朋友。

其中一位说：“上次见你们，好像还没有在一起呢。你看你们发展得多快，跟演青春片一样。”阿一听着，心里默默地笑。

另一位朋友说：“阿一是走遍四方的女侠士，广厦是饱读诗书的大才子，你们两个是天生的一对啦！”

这下，阿一和广厦彻底沦陷在苏州明媚的春光里啦。

热恋的滋味太美好。阿一每天都要缠着广厦给她讲故事，就连两个人出去吃饭也一定要手牵手，甚至就着饭桌互相喂饭吃。

朋友都说，你们又不是小孩子，一天到晚地秀恩爱。

阿一一秒变傲娇脸，“就秀就秀，我要告诉全世界，这是我小阿一的大广厦！”

广厦呢，好像一反大学子的常态，任阿一这样胡闹着，还用宠溺的眼神盯住对方。

最最重要的是，他们各自的朋友，因为两个人的“胡闹”，很快就互相打成一片。

阿一掰着手指头算账，“这么多朋友啊，以后可以和你一块共谋，把他们都抢光，骗光，吃光。”

广 厦大笑着抱紧她，“正合我意。”

08

两个人都是长不大的小孩，无须计划，随便说说也能玩出新意。

一天晚上，阿一似乎没有什么睡意。广厦被她的两声咳嗽吵醒，立即爬起来问她要不要喝水。

阿一接过水杯，“咕咚”了两口，却仍然不开心。

就在这时，广厦突然提议，敢不敢疯狂一次？

阿一立即有了精神，“干什么？”

走，穿衣服下床，我们出远门。

锁上门，两个人手牵手来到大街上，站在一盏昏黄色的灯光下，广厦这才告诉阿一，咱们买票去广州。

好刺激。这是阿一的第一想法。当即一拍即合，打了辆车朝火车站驶去。

在车上，阿一才想起什么，问广厦，“明天你的工作怎么办？”

广厦笑笑，一把拉过阿一，让她的头靠在自己肩膀，“抓紧时间睡一觉，天亮了我打电话请假。”

天啊，这真是太疯狂了，阿一想，不过我真是爱极了这种疯狂。没超过十分钟，她就趴在广厦肩膀进入了梦乡。

到了火车站，两个人急赤白脸对着票机一通刷，阿一因为过程极不顺利，差点就要嚷出放弃，好在广厦顺利拿到票。几个小时后，在广州摩天大楼的照耀下，阿一立即陷入得意，早把跟广厦的争吵抛在了脑后。

09

“没计划那么远，拉起手来就一起探险”，遇到广厦以后，阿一的世界就变成了这样。一个人走四方和两个人走四方有什么不同？大概就是能一下捕获双倍的快乐。

从跟广厦住在一起后，阿一的生活习惯也在翻天覆地地变化。以前她无肉不欢，到现在只跟着广厦吃素食聊素天读素书睡素觉；以前不愿意就说不愿意，现在却变成傲娇的不高兴。阿一明显地感觉到，她正在慢慢变成女版广厦。

两个人就连调侃，也自带令人捧腹的意味。

“书上说要结秦晋之好，可惜我不是秦国人，你也不是晋国人，这可怎么办呢？”

“你不知道吗，我这个吴国人就是最喜欢你们齐国人，别国的人就算白白送我我也不要呢！”

某次，为了一件小事，两个人吵到面红耳赤。阿一自有她的骄傲，在眼泪落下来的前一秒，倔强地跑离床位，躲到一旁的沙发上抽泣。

广厦这才感觉，事态严重，心有戚戚然。赶忙软了下来，一路小跑，突然一下趴在阿一身上，“吴国人该死，齐国人饶命。”阿一立即破涕为笑。

10

两个文艺青年爱看《志明与春娇》。大概所有的文艺青年都爱这个系列的电影吧。

看完电影的那天下午，广厦合上电脑时，对阿一说，“我喜欢你，比张志明喜欢余春娇还要多。”

阿一感到不满意，为什么偏偏拿张志明来说？他可是个不专一的男人哎！

广厦立马反问她，“余春娇还不是看上张志明以后就马上从男友那里搬了家？”

此后半个小时，两个人就陷入张志明和余春娇谁更渣的辩题里，双双不能自拔。

一些人理解不了《志明与春娇》有什么好看。把无聊当有趣，他们这样说。

张志明像所有的男人一样，似乎永远长不大。

余春娇爱来爱去没办法，最合适也最没安全感。那时候我突然领悟到，在一份爱情面前，你没办法一次捞到所有好处。

在第一部里，他们因为学不会沟通，放掉了爱情。

到了第二部，张志明有了空姐尚优优，这才知道只有余春娇愿意陪着他看厕所与干冰的化学反应；而遇到精英男的余春娇，第一次感觉到，安全感再重要，都不比爱一个人更重要一点点。所以他们的和好，是彼此不愿将就的结果。

到了第三部，年过四十的余春娇，不可遏止地迎来她的中年危机。于是这部电影不再空泛又浪漫地飘，抛出恋爱结婚，买房生子的话题。张志明再不愿意长大也没办法，时间和女人都不会等他。

晚上，阿一和广厦抱在一起说悄悄话。

“你会嫌弃”我永远都长不大吗？我只想和你像现在这样，一起浪迹天涯。

“那你会嫌我永远都比你美吗？别忘了 40 岁以后我正是一朵花！”

“哈，你嫌我以后会变成豆腐渣？快递出屁股给我打！”

后来，阿一就笑了，不再说话。尽管不知道自己和广厦会不会变成最后的余春娇和张志明，但如果那一天注定要来，不如先把此时活出痛快。

11

阿一和广厦好像螺母螺丝钉。虽没亲密到连体婴，却也不能忍受一日不见。

早上广厦去书店上班，阿一总要陪他走很远。然后站在书店门口对他说，“进去吧，别忘记中午回家吃饭！”

那些我们看起来比较重大的事，诸如买房、换工作、搬家，他们总是随随便便就能决定。生活总是跟着兴致走，不会在乎书店店员辛苦但每个月挣不了几个钱，却会在小的事物上，不惜花费力气吵架、争执，比如一只杧果，一把小刀。就连可爱多，也必须严格到每次宠爱不许超过一小时，否则它会严重缺乏父爱或母爱。

问阿一，她坦言说其实也不是计较啦，就是想跟广厦一起找事做。既然人是对的，那不管做什么都很好呀！就连吵架也有滋味。好像不吵架，就感受不到广厦正鲜活地站在她身边，“就像电影里说的，神造了余春娇，自有张志明”。

生活里没有完美的爱情，因为我们都不是完美的人。哪怕再相爱，都会有那么一个时刻，对方突然变成一面镜子，不留情面地照出我们所有的卑微、憎恶，以及劣根性。

“爱情从来不是一加一等于二的戏码，爱情是一加一等于一的妥协。”阿一继续总结说，“因为我们总会知道，如果爱，这辈子就不怕会分开。”

在电影的最后，张志明唱首歌求婚余春娇，不是五月天的《知足》，更不是周杰伦的《甜甜的》，那首歌只写给余春娇和张志明。

余春娇听着歌，眼角流出泪，她一次次因为不安全感选择放弃张志明，又一次次被他感动选择留在他身边。

爱情并不矛盾。

阿一对广厦说：“好羡慕春娇志明的勇敢。”

广厦却回答她：“因为爱，我们都会变得很勇敢。”

盛夏时节，我用烤串去爱你

有时候，你只需要把你生活的半径扩充半米，就能认识一个全新的人。

01

浩子刚来北京的时候，人生地不熟，每天都是一个人独来独往。

有一次，他不小心把钱包弄丢了。在北京没朋友，工资要等到下个月，浩子意识到这回算是彻底捅了娄子，站在盛夏的天气里，浩子轰轰烈烈感慨一句，“让北漂生活来得更惨烈一点吧！”

突然，电话响了。接起来，是朱哥打来的。

“嘿，小子，上回跟我这儿喝大了吧！钱包落下也不知道？”朱哥在那头肆意妄为地笑。

“哎呀呀哥，原来钱包丢你那里了，我正愁晚上要饿肚子了！”好死不死，钱包失而复得的浩子秒变笑脸猫。

“怎么着兄弟，赶紧过来拿吧！”朱哥像七月一样的热情在召唤。

“得嘞，我这就过去！”刚挂掉电话几秒钟，浩子才想起来应该请人家吃顿饭。

朱哥是浩子在北京第一个认识的人，他开着一家烤串店。说是店，其实面积很小，不到二十平方米的小屋堆满了烧烤的工具、桌子板凳。浩子特别喜欢吃烤串，没来北京之前还曾想过在老家跟小伙伴合开一个烤串店。孰料那小子一分钱都不肯出，浩子呢，刚上班两年也没什么积蓄，这事就不了了之。倒是让浩子想通一个问题，他要趁早看看外面的世界，说不定去的林子大一点，能遇到几个靠谱的人。

朱哥跟浩子完全不同。朱哥大学就在北京读的，还是秒杀很多普通大学的重点一本。至于为什么毕业以后没去公司上班，朱哥告诉浩子，只因为他不喜欢被领导管束，干脆用上学期间挣到的几笔奖学金租下这间店面，从头学起，今年刚好是他做烤串生意的第三年。

02

到了店里。浩子一眼就看到正在忙碌着的朱哥。天气炎热，他又守着一个火炉子，此时早已是汗水湿透衣背。

因为是来拿钱包的，浩子不好再跟以前似的，进来像个大爷一样往那儿一坐，扯着嗓子点了烤串，就等着上菜。这个季节正值烤串热卖，店里生意每天都很红火。朱哥没有另聘员工，明显一个人有些忙不过来。

浩子正要撸起袖子帮衬，忽然眼底溜进一个穿着水蓝色衬衫的小姑娘，就像整个炎热夏季最清爽的一阵风，浩子的眼神都被她擦亮。

只见她一会儿忙着结账收钱，一会儿招呼新来的顾客，忙得不亦乐乎又井然有序。

浩子偷瞄了一阵，突然跑到正在烤串的朱哥身边打听，哥，这小姑娘谁啊？以前怎么没见过啊！

朱哥忙里抽闲地回头看浩子一眼，“她啊，是我亲戚家的表妹，回头哥忙完了介绍你们认识！”

有朱哥这句话，浩子也就放心了。有了人打下手帮忙，浩子拿回了钱包，踏踏实实开始叫烤串吃。

五根羊肉烤串上完。浩子结结实实地打量了姑娘几眼，这回算是看清了。要论长相，姑娘绝非天仙，可就是看了第一眼还想看第二眼。这就是传说中的耐看型吧，浩子想。

03

几天以后，浩子发了工资，又想着去朱哥的店里大吃一顿。刚走到门口，没想到就吃了个闭门羹。小小的店面上写着“转让”。浩子一下蒙了，心里一瞬间翻江倒海，这是怎么回事？他连忙给朱哥打电话，这才知道朱哥老家临时出了点事，他连夜坐火车回去了。

浩子寒暄了几句，心里嘀咕着要不要打听下他表妹的去向，后来还是忍住了。挂掉电话后，他想，反正没多久这店就开了，不着急。

结果，人算不如天算。朱哥的烤串店竟一下闲置了半个多月。就像失去了一件珍贵的玩具，浩子每天都会失魂落魄地走过这里，停在正门口发几分钟的呆。到了月底，小店终于重新开张，可却完全换了装修和门面，改成了卖刀削面。

浩子这下彻底慌了，连忙又给朱哥打电话问原因。朱哥好久才接起电话，淡淡地回了浩子一句，以后不会再回北京了。

浩子说，“哥，你遇到啥事了，这也太突然了？”朱哥没有正面回答他，只是对浩子说，“兄弟，要是知道那天就是咱俩的最后一顿撸串，哥说什么也不能收你的钱。”说完，就挂掉了电话。

浩子想，也许人生原本就是这样的无常。可他还是想抓住点什么，于是就走进店里，找到老板，向他打听起朱哥的事。

好消息是，这店面确实是老板联系朱哥亲自接手过来的；坏消息是，他并不知道以前的老板具体因为什么原因才要转让店面。他跟朱哥聊的，更多的是关于店面的地段和租金问题。

浩子辞别了老板，丧气着脸往外走，没顾上看人，直接“咣当”一下头磕在大门上。对面立即传来一阵爽朗的笑声，哈哈哈哈。浩子正想骂人，抬头一看居然是朱哥的表妹。

04

“你怎么来了？”这节骨眼女孩一出现，他也顾不上合适不合适了，直接走上前就问。

“我表哥还有一些做烤串的东西寄存在店里，我跟老板打过招呼了，现在来取。”女孩莞尔一笑，犹如春风拂面。

“那我帮你吧！”几乎是没犹豫的，浩子又重新走进店里。

进去以后，浩子就知道自己是夸下海口了——原来是烤串的炉子和几个桌椅板凳。桌椅板凳费不了几个气力，可烤串的炉子实在是很重。

看着浩子被重物憋出一脸内伤的样子，女孩又咯咯咯地笑了。她跟老板招呼了两句，老板和老板娘很快一起出手帮忙，四个人把炉子抬到了外面马路边的货运车上。

干完了活，一脸汗水的浩子这才想起来问，“哎！你拿朱哥这些买卖什做什么？”姑娘这回也不笑了，一本正经地回道，“当然是卖烤串呀！”

浩子瞪大了双眼，“真的假的，做生意可是很累的！”

姑娘傲娇地“哼”了一声，“在表哥的店里帮忙，你看我喊过一声累没？”

浩子不反驳了，不过他坚持跟着姑娘一块去看看她的店在哪里，长什么样子。

05

浩子不是傻浩子，他住在北京的一个城中村。一进村两边都是做买卖的，一到夏天，村里有好几家做烤串的小门面，都在门口支起桌子摆起摊，随便忙忙一天也是大几百。他就想着，要是这姑娘在她住的村里做买卖，那他真是不费吹灰之力就知道了她的住处。

果然，小货车开进了一个名叫“草场地”的地方。姑娘嚷着下车了，浩子连忙从车上蹦了下来。迅速地环顾一下四周，忍不住感慨，这小村子绿化做得不错，街道也比较干净，甚至看上去还有一股子艺术范儿。

浩子跟随姑娘来到她租下的小店，店里的陈设还很简单，只有几套桌椅。不过现在好了，朱哥的炉子是现成的，姑娘多少也在店里打过工，收个钱招呼个客人肯定是没问题的。

只是，她会烤串吗？浩子想。

“你怎么想起来开烤串店的啊？”浩子一边忙着过去搭把手收拾，一边问女孩。

“我一直有这个打算的，只不过刚好表哥的店开不下去了我当了一回接盘侠。”

“那你是特别喜欢吃烤串喽？”浩子分析，不对啊，我没见你在朱哥那儿吃过多少烤串！

“这个嘛……以后我再慢慢告诉你！”姑娘又笑了，哗啦啦去忙着，像只勤劳的小蜜蜂。

06

时间退回到半年前，李晓雨大学毕业。

四年前由于成绩她被调剂到一个自己不喜欢的专业——生物学。李晓雨是想去S大学读中文系的，可是她的高考分数要想去到这座学校，只能服从调剂。没办法，家里实在不同意她再复读一年，李晓雨只好听从命运的安排。

大学毕业前，李晓雨不知道要去哪里找单位实习，每天都为自己的前程感到忧心忡忡。某一天，她接到一个电话，正是开烤串的表哥打来的。据表哥说，经过两年的发展，店里的生意越来越红火，他准备要扩张店面。再有一个月就进入夏季，烤串生意会相当火爆，他正打算招聘个人过来，临时想到表妹就在北京念书，所以打电话问她有没有兴趣过来帮忙？

李晓雨觉得不可思议，别的同学都去大企业实习，自己莫非真的要去一个烤串店？但是眼下她也找不到别的路子，况且表哥已经答应可以多照顾她，多开一些钱给她。

在迷茫和利益的双重诱导下，李晓雨很快就穿戴整齐地去表哥的烤串店里帮忙了。只不过那段时间要忙着写论文，所以她一般都是白天在店里帮忙，这就正好跟浩子下班以后才去吃饭的时间点错开，所以浩子才会说，自己没怎么在店里见过她！

倒是李晓雨从表哥那里听说了不少关于浩子的事。表哥知道李晓雨上学四年谈过两个男朋友，不过她性格单纯不是被甩就是被狠狠地甩。那些男生油腔滑调都是吃饱了一抹嘴就跑的人，为此这小半年来朱哥没少为表妹操心，虽然三番五次警告她离那些道貌岸然的伪君子远一些，无奈表妹还总是春心乱动。

第三次被一个渣男亵渎了感情后，表哥终于是可忍孰不可忍了。他指着十几串刚刚烤好的串对李晓雨骂道："李晓雨，过犹不及，你可别对那些男生太好了！就像这些串，火候到了就赶紧往嘴里送，继续停在炉子上就只能被烤焦！"其实他心里明镜儿似的，要真想对她好，就给她找着一个性格好又互相喜欢的男生。

朱哥做烤串生意，来来往往形形色色的人也见了不少。但那些人不是五大三粗就是已婚有妇，半年多了竟没有一个年轻人入得法眼。

难道吃烤串的人质量都这么低下？"呸呸呸"，这念头一出，朱哥立马呸了自己几声，忽然想起他也是一特爱吃烤串的。

就在这时，浩子出现了。他虽然长相一般，可接触时间长了，朱哥发现他有一颗善良的心。别的不说，浩子每次吃完都会把烤串的扦子整齐地摆放在桌子上，啤酒瓶也从来不会乱扔；碰上朱哥特别忙的时候，他会自己走到老板身边，在他眼皮底下把钱放进抽屉里；特别难得的是，两个人偶尔在深夜人群散了之后，对坐着喝点小酒聊聊天，几乎就是结为知己的意思。

在听说浩子以前的愿望就是开家烤串店以后，朱哥更加确定这是一个可以交心的兄弟。想当初，朱哥大学毕业走了这条路，很多同学都不看好，并且家里人知道以后，还打电话威胁他一定要把店关掉去做正经营生。

啥叫正经的营生？我开烤串店不偷不抢，靠自己的双手挣钱还不算正经营生吗？朱哥曾在一次醉酒后，对浩子掏出了心窝子。

浩子也是重点大学毕业。虽然不及朱哥这么勇猛能干，但他和朱哥的立场完全一致，从来不觉得名牌大学的学生就一定该去外企、世界 500 强才算不丢人，才算没浪费国家的教育资源。

就这样，浩子被朱哥内定成了会介绍给自己表妹的优秀男青年。

07

李晓雨是很喜欢吃烤串的。当然也就喜欢有志向开烤串店的男青年。至于她为什么没在朱哥的店里吃过多少烤串，你喜欢一个男生时会在他面前大快朵颐不顾形象啊？

所以，当从表哥嘴里知道这号人物时，李晓雨就暗中盯上了他。

其实，那天浩子看见她的时候，李晓雨已经不是第一次见他了。在某个周五的晚上，浩子跟朱哥对谈正欢，李晓雨就在他们旁边的一桌坐着，眼睛直勾勾地盯着浩子。只不过他当时已经喝了太多酒，根本不会注意到这个细节。

第二天，李晓雨上班时就告诉表哥，浩子绝对比她交往过的任何一任男朋友都帅！其实李晓雨的外形条件很不错，只不过脑子不行，用她表哥的话来说，小时候发高烧没烧对天数，直接损害了“判断神经”，以致长成个傻姑娘，见谁都觉得好。

表哥对此颇感得意，转头跟李晓雨说，“那当然！哥看上的人能有错？”

于是，就怎么引起浩子注意并让浩子喜欢上李晓雨，兄妹两个展开了一系列计划。

08

接着就是朱哥家里突然有事，他临时回了老家的事。

再接着就是李晓雨接过表哥的烤串炉子，重操旧业。

看着李晓雨吭哧吭哧地打扫着新店，看着她忙里忙外跑来跑去的身影，浩子在那一瞬间被深深地触动了，人家一个姑娘都能为了烤串拼尽所有，我一个大老爷们为什么怕这个怕那个的……他责备着自己，那一刻，他真的从心底里看不起自己。

几天以后，浩子拿出上班几年所有的积蓄，把一张银行卡往店里的桌子上一扔，对李晓雨说："你的店应该还需要投资吧？算我一份！"

李晓雨"扑哧"一声笑了，"你这是投资人来了还是投资店来了？"

浩子愣了一下，随后哈哈大笑，甩开膀子，"当然是投资店了，不过要是你觉得人更值得投资，那我就顺便连人一块拿下！"

"嘁，你一个刚上班的，里面能衬几个钱呀？"李晓雨不依，故意拿浩子取笑。

"也许现在不多，可是这是我们发财的本钱。"浩子突然变得严肃起来，他向着李晓雨走进一步，差点将对方的头埋进自己怀里，"晓雨，那天你表哥的店突然没开了，我一下子就感到心里很慌，一开始我以为是因为以后再也见不到朱哥，吃不到那么好吃的烤串才这样，可后来当我看到那家店彻底改头换面，我才知道，我是害怕再也看不到你……"

"你个见色忘友的，亏我跟你促膝长谈那么多次，赶紧还我的烤串钱！"此时，一个熟悉的声音从门帘后面响起，引得浩子抻长了脖子往里瞧，这一看不要紧，那高大的个头、结实的胸膛……正是朱哥！

09

三个人一块坐下来，就着啤酒吃起烤串。夏天浓浓的烧烤味又回来了。

“朱哥，你家里没事了吗？”

“臭小子，你可别咒我！我家里能有什么事，最大的事就是给我这表妹找个负责任的男朋友！”朱哥哈哈笑着，还不忘把表妹的手交到浩子手里。

“傻瓜，我表哥前阵子不是跟你说过他要扩张经营吗？这个店就是他的新店！”李晓雨用手指头敲了一下浩子的头。浩子这才反应过来。

他赶忙仔仔细细上上下下地把这店打量一番，观察的结果是，四面墙壁粉刷一新，面积更宽敞，店址也更便利！

“好啊，朱哥，原来你跟晓雨一块串通起来，对我来了个‘瓮中捉鳖’呀！”知道真相的浩子，忍不住哇哇大叫。

“谁是鳖，谁是鳖？”晓雨笑到肚子疼。三个人互相你指指我，我指指你，笑作一团。浩子没能想到的是，他果真在家乡以外的大城市，遇到了靠谱的人，还白白捡了这么一个漂亮又能干的女朋友。

两小无猜，命中注定我爱你

在你的生命里，有没有这样一个人？你们从小就吃在一起，玩在一起，闹在一起，抱在一起。你是男孩子，她是女孩子。可当年那么小的你们，有水枪一起打，有树杈一起爬，有狗洞一起钻，彼此不分男女。

01

D 仔上学的时候总会在每个生日当天，祈求老天爷保佑自己快快长大，最好能马上上班挣钱，这样他就可以彻底逃脱老妈的魔掌，不必再听她千篇一律的絮絮叨叨。D 仔认为那才是最自由、最快活的人生。不过如果不能很快长大，那送他回到 6 岁以前也是可以的。

6 岁的 D 仔性格内向，见了长辈不爱说话，却唯独跟院子里的囡囡最玩得来。囡囡比他大了一岁，那时候已经在上小学。可能就是因为这样，所以 D 仔一直把囡囡当作姐姐来看，每次看到她，都是一副很崇拜的样子。

说起来，囡囡也真是鬼灵精怪，她知道自己是比D仔大呢，就在D仔爸爸妈妈面前自称是他的姐姐，并且暗地里对D仔行使着他爸妈的权利。每当D仔调皮或者惹她生气，她就会气呼呼地一手叉着腰，一手指着他，说："阿D，我告诉你，你要是再这样，你以后就找不到媳妇。"

什么媳妇不媳妇的，那时睡觉都还尿床的D仔才不会把囡囡的话放在心里，不过仰头看着比他高的她，D仔果真安分了很多，也不在其他小朋友面前胡闹了。不过，D仔是个记仇的人，他在心里暗发毒誓，等长到8岁，一定要制服囡囡，可是他忘记了，他长囡囡也长，等他8岁囡囡就9岁了。哈哈，可真是个木头呆子。

别看D仔和囡囡有时候互相怄气谁也不让谁，可真要说到亲密，大院里再也找不出第二个让D仔这么心甘情愿去保护的女孩了。

那个年代的小孩，没有电脑玩甚至没有电视机看，他们玩的是跳房子、跳绳、和泥。D仔最喜欢玩过家家了。有一次，两组小孩在大院里同时玩这个游戏，另一边少一个女孩做媳妇，囡囡自告奋勇要过去。D仔开始觉得没什么，可后来一看囡囡"真的当了别人的媳妇"，他一下就着急了，跑到那个小男孩面前，扯着嗓子教训人，不许你抢我的媳妇！声音太大，两堆儿人都听见了他的话，被教训的那男孩也趁机起哄，"哦！哦！哦！D仔要娶囡囡，囡囡不害臊！”

D 仔这才意识到自己的玩笑开大了，他不放心地朝囡囡看去一眼，只见此时的囡囡，已经被他们给气哭了。

D 仔一下慌了神，跑去囡囡跟前，“你别哭了别哭了，我说错了还不行，你不是我媳妇还不行？”听到这句话，囡囡乌拉一声，哭得更大声了。

02

小孩子没有隔夜仇。第二天，囡囡又笑着找 D 仔玩去了。平时囡囡要上学，陪 D 仔玩的时间很有限，只有到了寒暑假，两个人才会形影不离，不管去哪都腻在一起。

看不到囡囡的时候，D 仔总是感到莫名的发慌。有那么一两刻，就连糖果和动画片都不能安慰他的失落。D 仔那时候不知道，原来这就是依赖一个人。

有一天，D 仔去囡囡家找她玩。刚进门就听到里面有激烈的争吵声，原来囡囡的爸爸妈妈在吵架。而囡囡呢，正蜷缩在一角抱着头大哭。D 仔不知哪里来的勇气，立即冲过去用手抓住了囡囡的胳膊，然后拉着她就要向外走。

他一路拉住囡囡走进了自己的小屋，拿出珍藏许久的连环画递给她，“囡囡，你看，这个《西游记》可好看了，我最喜欢里面的齐天大圣，它有七十二般变化，陪着唐僧一路降妖除魔可神气了！”

囡囡就接过书，认真地看起来，看着看着她破涕为笑。D 仔看着笑起来的囡囡，突然很想要快快长大，不是为了找囡囡“报仇”，而是想用厚实的臂膀去保护他，像厉害的孙猴子那样去保护她。

03

那时的天总是蓝的，那时的水总是绿的。那时的日子也仿佛漫长得永远没有尽头。那时的 D 仔最喜欢到村头的小池塘去戏水玩耍。

特别是在盛夏。池塘里放养了很多小鱼和小虾。D 仔就提着红色的小水桶，爬到最下面一层的台阶上去捞东西，不过他的运气不太好，每次至多能捡回一些小蝌蚪。

池塘的岸上周围栽种满了桃树。那个季节，每棵桃树都结满了桃子，硕果累累。D 仔没抓到鱼就去祸害那些树，被看果园的老伯教训了也不知道几次。但因为是小孩子嘛，更多时候老伯还是会给 D 仔摘几个又大又鲜的桃子。

得了桃子的 D 仔，别提多得意了。他举着两个大桃子兴冲冲地跑去囡囡家里，见到她就递上一个，“囡囡，囡囡，你猜，齐天大圣最喜欢吃什么？”囡囡看看手里，笑哈哈地回他，“桃子呀！”D 仔便心满意足地对准手里的桃子，张开嘴巴咬下一大口。

04

这年暑假，D 仔已经上了一年级。囡囡上了二年级。D 仔仍然喜欢去池塘边玩耍，还非要带上囡囡。囡囡已经学了社会课，知道小朋友不该去那么危险的地方，当然她也不想 D 仔去，于是就死拽住他不让去。

可 D 仔实在玩心很重，头一次拒绝囡囡的好心。挣脱开囡囡的手，就径自跑远了。

囡囡很生气，好几天都没理他。

直到暑假过去，D 仔在学校偶然碰见了囡囡，发现她正和另外一个小男生说说笑笑，当即窝了一肚子火。

“囡囡，我们去玩单杠吧？”D 仔明明憋了一肚子火，可为了夺回囡囡，他还是忍着上前搭话。

“不去。”囡囡的回答利落干脆，却也着实让 D 仔难过。

“你真的不去吗？”像是在做最后一搏。

囡囡不再说话，抬头看看身边的小男生又看看 D 仔，还是对他伸出了自己的小手。

D 仔脸上立马多云转晴，拉住囡囡的小手，两个人尖叫着跑开了，只留下那个小男生在原地发着愣。

05

原本以为他们可以这样手拉手一起上高中，念大学，参加工作，一起长大。可是，囡囡的爸爸妈妈吵的次数越来越多也越来越凶，最终竟闹到了离婚的地步。

囡囡第一次听到这两个字的时候哭了，从家里跑出来问 D 仔，“阿 D，你说啥叫离婚？以后我是不是就没爸爸了？”

D 仔比她还要小，更不明白大人之间的事。他着急地跑回家问妈妈，把妈妈吓一跳。听清楚事情原委后，妈妈告诉 D 仔，离婚就是囡囡的爸爸妈妈要分开了。

囡囡哭了，小脸脏兮兮的。D 仔妈妈赶紧把她接到家里来，用温水替她洗了脸。妈妈温柔地对她说：“囡囡，现在你还小，无法理解大人的苦衷，不管你跟了谁，都要开开心心地长大。”就在这时，D 仔“哇啦”一声大哭出来，问他妈妈，“囡囡会走吗？”

真叫 D 仔猜中了。等待办理手续的这段时间，囡囡被法院判给了更有经济抚养能力的妈妈。最迟半个月，囡囡就要跟着妈妈到另外的城市生活。

另外的城市，在这之前，D 仔从来也不知道这意味着什么。在他仅有的 8 年的生活经验中，这个小村庄和囡囡就是他全部的世界。他甚至以为，未来的岁月这些依然会是他的所有。

他很难过。人生第一次尝到分离的滋味，这个小小男子汉不知道该怎么来表达自己的悲伤与无奈。那些天，他坚持把自己关闭在房间里，闷闷不乐。妈妈急坏了。

直到有天，囡囡来敲他的房门，小小的稚嫩的声音透过一道木板传进来，“阿D，我就快走了，我们最后再快乐地玩几天好不好？”

D仔突然回过神来，对啊，既然注定要和囡囡分开，那在分别到来之前，就跟她再痛痛快快地玩一场吧！

06

囡囡已经办了退学手续。D仔呢，为了陪她，凡课必逃。两个人去田野里打滚撒野，乘着风大声笑。他们一趟又一趟，把整个村子从东到西从南到北逛了个遍。D仔神秘地怂恿囡囡，你都要走了，不去小池塘看一眼？

囡囡彻底被她激起来好奇心，走！

两个人跑着跳着去往小池塘。D仔跟值班的老伯要了一个捞鱼的网。老伯原是不给的，还告诉D仔私自打捞村委会是要罚钱的。可是看着两个小朋友楚楚可怜的模样，再加上D仔说囡囡就要走了，我想抓一条大鱼给她看，看过了就放走，老伯才答应的。

站在池塘下的最后一节台阶。D仔心里有些害怕。他以前来了那么多次，可没一次抓到过鱼的，别说大的了，小的也没见过。不过为了囡囡，这次他豁出去愿意尝试一把。

十几分钟过去了，除了一些淤泥，D仔居然连蝌蚪也没抓到。此时已值初秋，池塘边有些冷。囡囡看到D仔无功而返，焦急地拉D仔的胳膊，“咱们回去吧，你看，那边的牌子上写着，不让我们靠近水。”

D仔偏不服。他说，“怕什么，这个池塘边上很浅的，我们又不会到水里去。”

囡囡嘴上不说，可她明白D仔这是非要捞到大鱼不可。

或许真是走了狗屎运，刚说完这话没多久，一条鱼就在D仔的网里扑腾起来。D仔使劲一捞，这鱼虽不算大，可起码比没有强。这回可算在囡囡面前露了个脸，他不禁得意扬扬。

“看见了吧，这是我送你的告别礼物。”D仔忍不住趾高气扬。

囡囡低着头，仔细看了网里的那条鱼一眼，飞快地对他说，“快把它放到水里去吧，你看它痛苦的！”

“扑通”一声，水面上飞溅起几朵小水花，鱼在他们眼前游了一下，不见了。

07

到了分别的那一天，D仔没有出现在囡囡面前。她被妈妈拉着一路走到了村口，在那个牌坊底下，她们等待，然后就有去往

Z 城的车拉上她们走了。

D 仔伤心地躲在一个圆形的柱子后，默默地注视着那对母女，注视着囡囡。他看到囡囡正不安分地四下张望，D 仔知道，她正在寻找自己的身影。

一行热泪缓缓地从他的眼角流下，他在心里对囡囡说："再见了，姐姐。"

08

离开囡囡以后，D 仔原以为自己会活不下去。他确实难过了小半年。可随着时间的流逝，终于长成了一个个子挺拔的少年。那些没有囡囡的日子，他不再是一个只会依赖姐姐的笨蛋。

第一年，他不需要她保护就有胆量走过村后头那家有只恶狠狠大黑狗的门口；第二年，他独自一个人骑着自行车到十里之外的镇上；第三年的夏天，他一个人去了曾和囡囡抓鱼的池塘，那里已经被石头填成了陆地，听说过几年，还要在上面盖起民用房。

什么都有点变了，又什么都没有变。

他上了初中，又考上了镇上的高中。D 仔很平安顺利地一天天成长着，夜深人静的时刻，他还是会想起囡囡，想她现在变成了什么样子，是不是和他一样讨厌背书的时光，一样渴望再长大一些，直到可以张开翅膀去寻找属于自己的一片天空。

那时候还流行写信。D 仔鼓起勇气，问囡囡爸爸要了囡囡现在的地址。他不想把信件寄到学校，因为他不想囡囡同学误会他们之间纯洁的友谊。可如今来到十八岁的年纪，他对囡囡的感情还只是小时候那样吗？他自己也不太确定。

囡囡很快有了回信，说放寒假要回老家看爸爸。D 仔心头一惊，这是终于要见面的节奏吗？

09

在老房子那里，D 仔终于如期等来了囡囡。不过她长成了一个漂亮爱笑的女孩，穿着一件好看的粉红棉袄，看上去那么可爱，那么美丽。

当听到囡囡热情地叫他的名字时，他的耳朵如过电一般，整个身体被击中，那一刻，他无比清楚地知道，自己对囡囡的感情变了，他喜欢她，像任何一个青春期的男孩喜欢一个十九岁的女孩。

他也热情地回应了一下囡囡，然后看到她冲自己递来一个纸袋，打开一看，里面是囡囡写的厚厚的一本日记。

翻了几页，D 仔乐了，那上面写满了童年的回忆和对 D 仔和小山村的思念，也记录了囡囡这些年不在他身边独自熬过的那些时光。好的，坏的，因为有了今天的重逢，所以一切便有了意义，D 仔的眼神忽然闪过一道光，把囡囡的美丽的身影点亮。

虽然没有正式问她愿不愿意，可他已经十分笃定囡囡的心意和他们的未来。

爱情，一个人的兵荒马乱

我们都需要爱，不是飞蛾扑火式的，而是基于两个成年人的相互尊重、相互体谅、互有分寸感的爱。

一次有良心的恋爱

01

小茶跟阿轩相识于大一，相恋于大二，稳定于大三，惊慌失措于大四。像所有担心毕业就会分手的学生情侣，临近毕业，两个人整天都在计划去哪座城市打工。

小茶知道，上海是阿轩一直梦想着的城市。他们念大学的地方叫作昆山，坐地铁只要 15 分钟就能到达那个繁华都市。热恋时，阿轩不止一次跟小茶说他的雄心壮志，想要靠自己的双手为两个人在上海打拼出一片天。

两个人都是中文专业。“我们具体可以做什么工作呢？”小茶问阿轩。当初选择这个专业时她就知道，中文系的选择不多，若自己在写作上没有特别多的才华，笔杆子工作是不太好找的。

路要走走才能知道。阿轩总这样安慰她，时间一长，使小茶觉得，其实阿轩自己也是没什么把握的。

小茶自己并不太想去一线城市，相反，她没有什么拼搏的动力，倒是对三四线城市情有独钟，曾经幻想过，跟阿轩去成都或者云南大理，随意找份糊口的工作，人生足矣。但她自知阿轩的倔强，更清楚这种好事不过拿来想想罢了。不过，能和阿轩在一起，她笃定在上海生活的自己也会很快乐。

02

毕业典礼结束的第二天。小茶就跟阿轩两个人，大包小包地一前一后涌入上海这座城市。大学四年，其间他们曾无数次作为游客来到这座城市。说起来，对它是不陌生的。可是，那果真是作为游客的身份，因为知道两个人玩累了、逛够了就会坐车回昆山，所以那时的上海，亲切又可爱。而这次呢，人群汹涌，小茶走在阿轩的身后，她一边拉着行李箱“吭哧吭哧”地追着，一边用眼睛的余光扫视周遭的人群。一股嘈杂的声音冲进她的耳朵，置身这样的环境，她突然开始对明天忧心起来。

“阿轩，我们真的要开始流浪了。”她使劲朝前面的人喊着，却发现阿轩正忙得大汗淋漓，用他灵活的手脚在人群里腾转挪移，丝毫没有听到她在说话。

更多的人群从站台涌出，很快，小茶自己也丧失了这种新生活的仪式感。

黄浦区是上海市最繁华的中心地带。两个人带着行李东找西找一天，得出一个千古不变的惨痛经验——满意的房子太贵，便宜的房子又不满意。

颠簸了几趟之后，眼看天色不早，阿轩咬咬牙一拍大腿，“贵就贵点吧！在学校的时候我跟你发了那么多对你好的毒誓，现在也该兑现了！”

“小茶连连摆手，还是找个便宜的吧，我们还没工作，以后用钱的地方多着呢。”

阿轩听完若有所思，但还是坚持他的观点不变，“那房子有独立卫生间，你夏天洗澡更方便！”

小茶这回没拒绝，大概是想到了学校澡堂特别有味道的那几个夏天。

03

安定下来以后，两个人洗完澡，手牵手去楼下的小饭店里，要了份上海最正宗的灌汤包。

小茶知道阿轩喜欢吃肉，还特别点了一份红烧肉。

阿轩看到后很感动，他默默地盯着埋头吃灌汤包的小茶，一种不可名状的情绪涌上心头。

说起来，他们已经一块儿吃过四年的饭。每到这时，小茶总是很安静，一言不发。她说这是她老爸一手教育的成果，“食不言，寝不语。”而且吃饭的时候，就是用心品尝美食的最好时机，为什么要去浪费口舌说话呢？阿轩当初第一次听到这观点时，笑到肚子疼。

可此时此刻，他竟觉得一言不发只顾着低头吃包子的小茶，比任何一个他所见过的女孩更可爱。

看着看着，他突然发现小茶没点自己最喜欢的椰汁。他刚扭转头要叫服务生，就听到小茶在对面说："不要麻烦了，我今天不想喝。"但其实，她跟阿轩都知道，租了条件好一点的房子，就没多少钱可以在吃饭上任性了。

小茶继续往嘴里塞着包子，阿轩一把拉过她放在桌上的手，"以后你要和我一起吃苦啦。"

小茶没有说话，仍旧笑着点头。

04

小茶喜欢写作，想成为一名优秀的内容编辑。阿轩想做运营，也想进修设计。白天，两个人用完早饭就分道扬镳，各面各的试；晚上则互相汇报战绩，总结失败经验，相互鼓舞士气，然后睡前一块儿窝在被窝里投简历。

或许是那几日天时地利人和都忙，两个人都是连连受挫，没什么好消息。阿轩渐渐心浮气躁，小茶倒表现得很淡定，一肩挑起先鼓励阿轩后鼓励自己的伟大角色。

可喜的是，老天爷还是在最后关头看到了这对小情侣的努力。给了阿轩一份图书编辑的工作，小茶则面试到一份化妆品柜台销售的工作。

晚上，两个人一碰面，当得知是这个结果时，阿轩“不怀好意”地大笑起来，阴差阳错，我的工作应该给你做呀！

虽然工作均不是两人喜欢的，但很快他们就达成一致：先干着，毕竟毕业生没挑的资本。

刚上班头三个月，为了拿到转正资格，阿轩和小茶忙成了两条狗。刷牙、洗脸、上厕所都是争分夺秒一个速度。小茶不禁感慨，“还是你有先见之明，否则光那么多人排队上厕所，我就必然要憋出毛病或上班迟到了。”

渐渐地，阿轩的工作越来越忙，不但工作日要加班，周末偶尔都要去约谈作家，商量书籍出版。而小茶因为职业的特殊，周末一直是她的工作日，每周只能从周一到周五中挑一天轮休。慢慢地，他们两个虽然睡在同一张床上，彼此之间的交流却越来越少。

仅仅碰面的早上和晚上，两个人都赶着要去上班，又都赶着要洗漱一下躺倒睡觉。疲累像一头猛兽，就这么轻易地占据和打垮人的心。

不知不觉，他们已经很久都没有手牵手去逛街，甚至一块去楼下吃口灌汤包了。阿轩有了新的交际圈，小茶也有了要好的闺密。

每每签下一个作家，每每做出一份成绩，阿轩公司的主管都要请客，大家会在酒吧喝到凌晨一两点，这样堂而皇之的庆祝方式，使阿轩也开始为自己感到骄傲与自豪，他在大口大口灌酒的时候，当然想不到小茶此刻正一个人蜷缩在被窝，等他的心正一点点变冷变凉。

小茶的姐妹淘会在她休假那天，叫上她几个人一块儿逛商场。薪水不多，小茶大部分时间只看不买。但只要看到有男士T恤在打折，小茶都会毫不犹豫地掏出钱包，买上一两件。

每每见此，她的闺密总是要说，用不着对男人那么好，你这样好，他反而更加不在乎。

但小茶总是笑而不语。她对阿轩确实感到越来越陌生了，但她还是要对他好，因为已经习惯了。

05

转眼，两个人都毕业三年了。阿轩经过一番努力，策划出版了几本畅销书，已经成为出版圈里比较知名的策划人。小茶还在化妆品店，工资变动不大，可几年下来也学会了化妆打扮，变得越来越会穿衣打扮，越来越有气质。身边开始有了追求者。

然而小茶在等着阿轩的求婚。所以尽管追求者中不乏出色又真心的人，小茶一律婉拒，对他们说："我有男朋友了，就快结婚了，祝你们找到真正值得相守的人。"

这一招成功"逼退"了几个人，可还有那么一个，死心塌地又坚决不开窍，认为小茶这是为了逃避他的追求在故意搪塞，非要亲眼看到小茶的男朋友才能相信他是真的没戏唱。

小茶拗不过，就给阿轩打电话商量这件事。可阿轩那边不知道发生什么状况，始终没接电话。接连几天，阿轩回家以后都累得脚也不洗直接上床呼呼大睡，令小茶也终于没能找到机会说出口。

最后，无可奈何的她只好在一个休假的礼拜二，带着追求者在阿轩的公司门口等他。孰料，临近中午，阿轩走出工作的大厦门口，当他一眼就看到小茶和身边的男生时，竟生气地跑到她身边，抬手就打了她一个耳光！

在小茶还没反应过来时，一个人从她身边飞快地冲出去，和阿轩扭打在一起。

事后，阿轩连连向小茶道歉，他说他误解小茶背着自己和别的男人约会。与此同时，他对小茶说："我们分手吧。"

小茶故作坚强地不让眼泪掉下，走之前用眼睛紧紧盯住阿轩问了一句话，"其实你早就想把我甩了吧？"

06

小茶很快找到了房子。收拾东西搬家那天，为避免两个人都尴尬，特意找了一个工作日。

望着这间一住就是三年的房子，望着那张他们曾共浴爱河的床，望着吃饭用的小方木桌，甚至是脚下的地板砖……小茶心头涌上一股说不出的痛。可她必须义无反顾地离开，因为她眼前的阿轩已经不再是当年那个肯对她好的人。

在整理行李的时候，小茶才真实地感觉到那么一股悲凉：满屋子的东西，几乎全是小茶舍不得吃喝，用攒下的钱买给阿轩的衬衣、鞋子、帽子。而此刻安安静静躺在她行李箱里的，只有她的衣服，没有一件阿轩送的礼物。

这样也好，不用费力去烧，去扔，不用费感情去埋葬一段记忆。小茶笑着安慰自己。

她再也不想看到这间屋子，但离开时还是朝四周环顾一圈，然后重重地关上了门。

小茶，她刚走下一节台阶，就听到外面有人在喊，你站着别动，我去找你！吓得她赶紧走到窗口往外看，结果一眼就看到几天前和阿轩打架的那家伙，此时正卖力地朝小茶挥舞双臂，看起来傻里傻气的。

得到小茶的回应后，那家伙迅速不见了，朝着楼里跑。“噔噔噔”，小茶很快就听到楼道里响起一阵急促的脚步声。

正想着那家伙这是干吗，“忽”的一下，她手里的行李箱就被一个人拎走了，同时一个好听的男声在耳边响起，“小茶，走。”

那一瞬间，她脑子里迅速闪过自己牵着阿轩下楼的一帧画面，她仿佛看到了另一个自己。

07

那两个月里，那家伙天天都给小茶打电话，挂了之后还要发短信。尽管小茶已经多次告诉甚至警告他，刚刚失恋，她还不想这么快再恋爱。可那家伙“左耳朵进右耳朵出”，全当成了耳旁风，依然不管不顾地，对小茶尽着一个男朋友的本分。

小茶拒收他的礼物，他就带到小茶上班的店里，要她的小姐妹亲手交给她；

小茶拒绝和他见面，他就死乞白赖地每天晚上蹲在店门口，一言不发地跟在小茶身后，直到把她安全送到家；

知道小茶爱喝椰汁，他花钱在京东买了一台小冰箱，里面塞满椰汁送给她。

最最不害臊的是，他一遍遍给小茶发短信说，不要以为你可以摆脱我，我生是你的人，死是你的死人……把小茶弄得哭笑不得。

时间久了，小茶开始有些动摇，不禁考虑起是否真的可以给他一次机会。就在她犹豫不决时，阿轩找上门了。

那天，小茶刚刚走进租房的小区，就在门口看到一个熟悉的身影。阿轩也看到了她，径直走到她面前。

“扑通”一下，他跪倒在小茶面前，紧紧拽住她的衣角，“小茶你原谅我吧，从你走了以后，我突然感觉那个房间好空，我心里好空，我每天晚上都睡不着，梦里都是我们在一起的样子。”

“小茶，不要答应他！”就在这时，那家伙突然一下跳出来，跳到阿轩面前，“小茶现在是我的女人，你就死了这条心吧！”说着，他一把上前抓住小茶的手。

不知为什么，小茶没有拒绝，她反而觉得，这双手温暖又感人。

晚上，阿轩果然还是给她打来电话，听着阿轩在那头抽泣的声音。小茶斩钉截铁，“阿轩，算了吧，就像你看到的，其实我也需要一个傻傻的‘小茶’。”

年少时，我们总以为自己足够美丽，足够优秀，所以当有人爱上我们时，我们足够骄傲，足够不屑，一次次挥霍别人对我们的爱。直到，那个人毫无意外地离开了我们，那时我们也才懂得——意识到对一个人不够好，总是在他转身以后。

人总是轻易就懂得珍惜那些“得不到”和“已失去”的，却从来不肯认真地活在当下。人世间最残忍的事，真的莫过于此。

08

那家伙最后还是没能成为小茶的男朋友。

最后一次拒绝他时，小茶给了这样的理由：

在上一段感情里，我太爱我的男朋友，所以纵容他一次次忽视我的感受，只用些甜言蜜语搪塞我的真心却从未付出半分货真价实的举动。

分手以后，我才发现自己爱得有多傻，可我不想让你成为下一个“小茶”，更把自己宠成新的“阿轩”。我们都需要爱，不是小茶对阿轩那种飞蛾扑火式的，而是公平、公正的基于两个成熟的成年人之间的，相互尊重，相互体谅，互有分寸感的那种爱。这才是我一直都想要的，你能明白吗？

霓虹灯下，泪光之中，那家伙似懂非懂地点了一下头。

友达以上，恋人未满

跟孙强是在一个网友的介绍下认识的。两个人一见如故，后来几乎每天都要互相调侃一会儿，他是男，我是女——这种状况，按你们城里人的说法，大概叫作“暧昧”。但其实，认识近两年，我连他的照片都没见过，所以也就谈不上什么想入非非了。

我是怎么都没想到，会跟一个网友介绍的人从完全的陌路人聊成半生不熟，最后又到现在的熟得敢放心调侃、辱骂甚至对他说“滚”。

01

2015 年 10 月，网友树根的头像突然亮了，“在吗，美女？”

此人长着一张“拒人于千里之外”的冷脸，打这个招呼之前已经在我的 QQ 名单里静静躺尸一年半。

怀着好奇又不解的心情，我回了句，“有事您说话。”

屏幕里的对话框马上多出一行字，“我有个朋友就要来北京了，听说你在影视公司工作，他正好想找人了解一些编剧的行业知识。”

我胆战心惊地告诉他，在影视行业工作不假，可我对编剧也没多少了解。如果是问很专业的东西，我肯定帮不上什么忙。

对方回，“没事，就当闲着没事多认识个朋友呗！”停了一会儿又加上一句，“没准你俩还能一块学习，齐头并进呢！”

我暗暗一想，说得也是。

大概人类都是很孤独且很害怕这种感觉的吧。记得以前在学校，上厕所都要找个伴；现在走上了社会，嚼枯燥的知识当然更要找个伴。

02

孙强很快添加了我的QQ。刚一通过，他就很“谄媚”地打招呼，恨不能每个问题前面都加上“美女”的称呼。

认识的第一天，我们扯了些有的没的，从斯皮尔伯格到王家卫，从梁朝伟到张国荣，昏天又暗地，好像我们两个都特别懂电影一样。

碍于陌生人的关系，大家说话都很谨慎。就像我，非要把对话框里的句子检查一遍才点发送，生怕有一点闪失，让两个人都不开心，更怕有什么误会。

那些我们谨小慎微去对待的人，就像我们第一次驱车奔赴的远方，就像此生尚未目睹的风景，充满了惊奇，充满了魔力，像一个婴儿一样，在没保证环境足够安全之前，只能靠自己的四肢去慢慢试探，慢慢舒展。

不久之后，孙强果然来了北京，成为几千万北漂大军中的一员。

托树根的福，他一来就被介绍去了他的老东家上班。做的是图书编辑的工作，每个月底薪三千。

虽然不多，但刚来就有一份工作，他还是很感激的。这期间，我们偶尔会私聊，说的也都是一些无关痛痒的话题；更多时候，我们会在出版作者的大群里聊天，把牛皮吹破，把江山指点。

03

考虑到怎么也算是这个世上的有缘人，我盘算着该请他和树根吃顿饭，大家一块坐下来，面对面地聊天总比隔着两道屏幕强。

孰料，我向树根发出邀约的时候，他却在 QQ 回了我句，“孙强已经回老家了，他没告诉你吗？”

我感到有点反应不过来，飞速地在键盘上敲字，“不是才来半年吗，怎么这么快就回去了？”

紧接着，我看到一行字，“他家里发生点状况，必须回去。”

我还打算说些什么，但树根又发来一段话，“对了，我之前跟他签了一本稿子，他现在出事了，你能不能接？”

就这样，我临危受命，接下了孙强刚写了个开头的励志书稿。

树根说，“这个稿子千字 70 元，我跟孙强就是这么签的。”

我说，“好。”

当时的心里想法是，即便不为钱的事，至少我可以代他把这件事做完，对他来说也算是一种圆满。

几天以后，我打电话给孙强，问他突然离开的原因。

或许是听出我的诚恳，他据实而答，告诉我说，他妈妈在田里意外昏倒，被送去医院时检查出了癌症。

啊！这真是晴天霹雳！我从没想过结果是这样，一下子不知道该如何安慰他，搜肠刮肚大半天，非常笨拙地对他说，“你放心，那本书稿我一定尽快完成。”

那天晚上，我在树根的 QQ 头像下留言，书稿的稿费，我和孙强五五开。

04

2016 年 8 月，孙强已经回到老家很久了。其间我们还是通过 QQ、微信联系。突然有天，他的 QQ 下线，微信不回复，整个人彻底从网络上消失了。

打他的电话，回复的消息是，“您拨打号码是空号”。想来也是，一座城一个号码，离开北京以后，他当然不会再用北京的号码。

我找树根问消息。他回答说，“我也很久没联系过他了。”说着，还一个劲地调侃我是不是对强爷有意思，这一分开就受不了了？

我嘴上说着“呸”，其实心里也在呸。恋人的感觉是真的谈不上，但是确实着急，我对这段关系没有过更进一步的规划，但不想要这么快就失去联络也是真的。

可千万别是发生什么不好的事情啊。我在心里喊。

快要 10 月份的时候，孙强重新出现了，并且带给我们一个好消息——他已经在创业了，之前消失的一个多月，就是忙着去办营业执照，忙着租办公场地和看房子之类的事。

怎么说呢，失而复得，那一刻，心里一块石头落了地。

欢迎回来，我对这个全新的孙强说。

当时，很想问问他家里的状况，孰料，臭小子性子急，纸包不住火，没等我问呢，自己抢先把近况全部交代了一遍。

他爸爸是正儿八经的工厂职工，妈妈是地地道道一农民，两个大人“小富即安”的思想导致他们完全接受不了孙强的创业举动。母子俩甚至几番差点闹到反目的地步。

苦不堪言啊，孙强说，现在一家人都没法好好坐在一起吃饭了。

那你打算怎么办？

能怎么办？我搬出去住呗！

撂完这句话，孙强就下线了。我马上打电话给他，“你这就出去找啊？”他使劲“嗯嗯嗯”。

05

今天的时代似乎是个创业的时代。据统计，北京著名的中关村创业大街三年累计孵化出 1900 个团队，你往这条街道上一站，分分钟就能撞上数十个正在或正要创业的人，有个段子怎么说，你的咖啡还没喝上一口，对面桌子的老总已经毙掉了十个思想简单的创业青年。

创业这件事就像一只鬼，你只有亲自参与过，才知道它有多吓人。那些夜以继日想要做出一点成绩或打造自己品牌的人，面对创业时就像打了鸡血，你看他不要命，他嫌你不爱拼。

创业的孙强，至少比之前勤奋了一万倍。倒不是说他之前有多懒，用他的话来说，真金白银地砸进去了，总要打出个水花来吧！

他成立了一个图书工作室。我呢，因为有五年的写作经验，此前也在图书公司上过班，幸运地认识了一些编辑，就这么自然而然地跟他产生了合作。

我介绍稿子给他写，从稿费里抽取一点介绍费。我们都知道，今天的时代，不再是单打独斗的时代。

写稿子是很辛苦的事，费眼费脑费心思。曾经我妈知道我写书以后，第一句话就是，那你可轻松了，一天几个小时往那一坐什么都不用干光打字就行了。

想到跟她解释不清楚，我只好无奈地笑。

孙强的工作室开业后，我们很快有了第一次合作。不过不知道是不是他一下子接活太多，没掌握好节奏，稿件的质量不是太好。

于是当编辑找我的时候，我很生气就把稿子退回去了，还说了很多严重、粗俗的话。后来，我自己看着那些话都感觉有点触目惊心，没想到孙强一个好脾气全部照单全收，回答一律，好好好你说怎么改我就怎么改。

06

有别的朋友知道我跟他合作的事。听说我抽取的介绍费就那么一点后，他非常痛心地劝我，“你应该多要点，毕竟稿源掌握在你手里。”

我一口回绝他，“你不懂。”

“其实我也不是没想过再追加一成，可一想到他的家境不太好，作为一个正义感十足的人，我不能为了钱失去我做人的原则。”

“原则，你有啥原则，我们出来混就是为了挣钱的！”

“那也不能打好朋友的主意啊？”我差点着火。

“算了，毕竟是你的事，你自己看着办。”朋友无功而返，后来果然再也没劝过。

我不是不知道，业内一些工作室打着征稿出版的旗号，跟一些公司、出版社合作，按稿费收取作者近五成的介绍费。但我自己就是从苦哈哈的写手过来的，我知道写十万字有多难——体力、脑力、毅力，缺一不可。犹记得去年盛夏，我租住的房间还没安装空调，我在一大片黏稠的汗水里辛辛苦苦地码字，好几次因为心情烦躁写不出一整句话。

但是，人都是自私的，我有时候也会问自己，我对他这么好，他都知道吗？

07

成功拿到第一笔介绍费后，孙强很快通过微信发来贺电，“恭喜你啊，又赚到了一笔外快！”

“嘁。”

“等着吧，我给你快递了一个好东西哟！”他说。

我坚持追问是什么，他坚持不肯回答，“收到了你拆开不就知道了？”

两天以后，我在公司收到了一个粉红猪，拿在手里仔细一看，肚子底下别有洞天，是一个货真价实的暖宝宝。

“你送我这个干吗呀？”我一串QQ打过去。

“保暖啊，你们女生冬天不就怕冻坏子宫？”

……

从那以后，隔三岔五就能收到孙强从他苏北老家邮寄来的礼物。有时是办公室用的小电扇，有时是我前几天发朋友圈提到的很想要的书。

有一次，他不知道发什么神经，竟然快递来一只50厘米的小熊公仔。我拆开箱子，很不好意思把它寄放在空的办公桌上。有女同事看到，隔着两三排工位就感慨，“哇，好可爱的熊宝宝，我想过去抱抱！”

当她满世界追问这是谁的玩具后，我脸红心跳地回答了她。她马上一蹦一跳地走到它面前，张开双臂稳稳地把它抱在怀里。

坐在旁边的我的另一位同事说，“谁送的啊，男朋友吗？”

08

其实我一直都是有男朋友的。

在刚认识孙强的时候，我正跟一个小我三岁的年轻男孩打得火热。我以自己能泡到一个小鲜肉为荣，但问题的症结也出在这里：大概因为他太年轻了，没有禁受得住风尘女子的诱惑，一不小心出轨了，并且是两次。

我虽然很难过，却还是理智地提出了分手。很快，他就从我家里搬走了，留下空出半边的床位，每天都提醒我，那里原来睡过一个我很喜欢的男生。

失恋的那段日子，心情很糟糕。因为是被甩的，所以差点憋出内伤。在无数个失眠的黑夜，翻遍了朋友圈和电话簿，不出意外地没找到一个可以相互倾诉的人。

也不知道是不是天意的安排，那天晚上我很久没睡，想着也是睡不着了，翻身抓起放在枕边的手机，滑开屏幕就看到了孙强两个小时前发来的消息，“在干吗？”

我试着回了一下，心里做好了不会有人回复的打算，毕竟当时已是凌晨两点。孰料，一句“失眠中”刚发过去，那边就有了回信，“为什么？”

我被镇到了，忽然不知道该接什么。

那边见我迟迟未回，着急地打出很多字，“能跟我说说吗？或许我可以帮你出出主意呢？你还在吗？在吗？”

我像找到了一个完美的树洞，一股脑儿把男友出轨的事以及我和男友的恋爱故事全部讲给了他。听完以后，他发来一个哈哈大笑的表情。

“神经病啊，我都这样了你还笑？幸灾乐祸！”

“你男朋友那是知道我要来了，所以吓得赶紧让地了，不过啧啧，他的退场方式可真不光彩！”

“滚。”

结果自然是他没听我的话，痛痛快快地滚远。而是挖空心思跟我讲了很多笑话，很多我感兴趣的话题，比如张国荣，比如香港电影，算是比较成功地转移了我的注意力。

凌晨五点，他说：“睡吧，宝贝。”

但他没说，爱你。

09

转眼，就到了 2017 年的夏天。

立夏这一天，我收到一箱水果，打开一看，是黄桃。就是那种被制作成罐头的黄桃。

分了左右同事各一个。其中一个吃完说，“很好吃耶！”

孙强在 QQ 里回，“十块钱一个呢。”末了又加一句，“我连我妈都没舍得买呢！”

我逗他，“那我是什么，你奶奶喽！”

“是，你是我祖奶奶！”

10

树根见证了我们认识的始末。他总说，“可惜啊，如果强爷还留在北京，说不定你们早就是一对了。”

可能是被他带的，孙强也总会开玩笑，宝贝宝贝地叫我。

但其实，我心里明镜一样，知道我对他没有那种恋人之间的冲动，而他也不是傻子，不会这么久了都看不出我真实的想法。

今天，我把 2016 年 6 月 29 号我们聊天的一段对话截给他看。在那上面，他说：“我们就是友达以上，恋人未满喽！”

五分钟后，他回我一句，“早就升级啦，你现在是我的‘天使之翼’！”

“天使之翼，什么鬼，你是天使而我是俩翅膀？”我非常不服气地丢给他一句。

“嘀嘀嘀”，QQ 又响了。点开一看，孙强截图了他的 QQ 号分组。

点开一看，里面有什么天使之翼，夏至未至，天将雄狮，那时年少，如果也许，未知之路……我感到一阵恶心，继续丢给他一句，“你是不是少了一组‘精尽人亡’啊？”

他马上噎我，“你信不信我马上把你分到那一类里去？”说着，就给我发了个我被分进去的截图。

“哈哈哈。”

“哈哈哈。”

就是这种没底线没顾忌也没忌讳的聊天或者说相处方式，让我们彼此都觉得，我们将会是一辈子的友达以上，恋人未满。

——不过，也蛮好的。起码夏天有桃子吃冬天有暖宝宝，我这一年四季都不缺来自异性的小关怀喽！

不够相爱才是最大的将就

很多时候，我们并不能够真的论清楚，什么才叫“不将就”。

我猜你的“不将就”指的是，你一定不会接受年龄的压迫，不会向一切世俗规则投降，在 28 岁或 32 岁这样一个尴尬的年纪，随便听从家里长辈的安排，跟一个适龄又表面看去差不多的男人草草结合。

我猜，你一定会找一个你很爱的。

可是如果他不够爱你呢？世间真情，举此种种，却原来，不相爱才是最大的将就。

01

在大一新生的迎接会上，叶子的出现令整个大二学长眼前一亮。她有一头乌黑秀丽的长发，眼睛很大，又很难得的充满灵气，身穿一袭白衣，特别有一种超凡脱俗的仙女劲儿。

因此，当她拎着行李箱走到他们面前时，很多男生都伸出手去，迫不及待地想和她做自我介绍。

签完名字，叶子随性地把长发一甩，惹得对面几个人啧啧赞叹。在这五六双垂涎欲滴的眼神中，她突然害羞地冲着向南上扬起嘴角，微微一笑。继而，转身潇洒地走掉。

“哎？”哥几个立马活跃起来，纷纷围住向南一个劲儿地抛媚眼，“这是有情况啊！”一个穿篮球服的哥们儿走过来拍着他的肩膀，“小丫头不会是看上你了吧？”

02

必须承认，叶子长得确实清纯漂亮——你没有看错哦！正是清纯漂亮。按理说，一般清纯的女孩算不上漂亮，最多就是面容干净气质出尘；而漂亮这词又总跟艳俗少不了关系，所谓“漂亮”不过是一种特别俗气的美丽。可是叶子的长相，恰到好处地结合了清纯与漂亮的全部优点，而很妥帖地摒弃了两者所含的缺陷。

你可以说，她的美是一种升级版的清纯，或是漂亮。

这样有姿色的女孩，当然引得不少男生心动喽。开学第二天，前往叶子寝室送情书的人就排成了一个连。舍友们都羡慕她艳福不浅桃花旺盛，纷纷打趣，要她从中择选一个称心如意的，可是叶子拿到那些信的第一时间，拆都没拆，就将它们统统丢进门口的垃圾桶。

姐妹们痛呼，可惜可惜！还有人追在她后面嚷，你要是不要就给我呀！没准儿那人就“弃暗投明”跟我对上了呢！

此举的背后，是叶子的一片痴情，她心里已经有了一个人——向南。

03

哎呀，身为女生，去主动追求一个男生，这多难为情呀！可是爱情这东西就是不讲道理的，爱上了，就管不了是男追女还是女追男。

为了走进向南的世界，叶子特意查了他们大二的课程，在掌握到他的兴趣后，毫不犹豫选修了向南选修的所有课程。这其中包括航模、工商管理、基础医学等。

——看看这几个课程你就知道了，大概没几个女孩子会对这种枯燥的东西有兴趣吧！其实叶子也没有。但是为了追到向南，她认了。

向南喜欢打篮球，又是学校话剧团的主干。叶子便三天两头往篮球馆跑，每次都买了他最喜欢的饮料在一旁等着。其实叶子对篮球兴趣寡淡，很多时候都无聊地在一旁睡着了，但她就想陪着向南。

幸运的是，跟着向南排了几天话剧，叶子还真对演戏产生了兴趣。她因为外形靓丽，被老师选中当一部民国戏的女主角。向南则是那部戏的男主角。叶子当天几乎高兴到快要发疯。

04

时间一久，舍友们都看出了叶子对向南的深情，纷纷劝他，不如干脆就从了吧。几个人聚在一起时经常调侃，你看叶子长得漂亮身材又好，别的不说，这带出去肯定够面儿！一片喧哗声中，向南沉默了。

一天，叶子给向南打电话，神神秘秘地叫他马上下楼。一见到向南，叶子就急忙上前一把拽住他的手，拉着他一路小跑到校园里某个僻静的角落。

站定以后，向南才发现，校园都已经进入了深秋。四周的林荫道上堆满落叶，天空湛蓝如洗，万里无云。“真美啊。”他不由得感叹一句。

“向南，”叶子走过来，一双水亮的眼睛害羞地注视着他，“听同学们说这里是咱们学校有名的告白地，在这里表白成功概率会是百分百。”

听到这里，弱智也能看出叶子的用意了。果然，叶子忽然声音提高了两分贝，对他说，“向南，我喜欢你很久了，从入学那天第一眼看到你我就喜欢上你了，我想你也一定能感觉得到。”说着，她害羞地低下了头，然后用手拨弄了一下耳边的发丝，“那么你呢，你喜欢我吗？”

05

听说，在一段感情里，最先告白的那一方，总是吃亏的。这种吃亏指的不是放低身段，向对方告白这件事，而是代表着在你心里，对方甚至比自己还要重要。

一份失控的感情，好处是能够清楚地看到陷入爱情里的自己什么样，坏处是——那样的自己，甚至是有些邪恶，令人感到讨厌的。

叶子实在太爱向南了。而她不知道，她的爱正在变成一把枷锁，锁住了两个人自由的心。

在一起以后，叶子对向南更加体贴了。她每天都会约向南一块吃三餐，并且会每天早上准时守候在男生宿舍楼下；上选修课时两个人一定要坐同桌，叶子对物理原理、人体结构那些东西不感兴趣，所以向南上课时她总在一旁摆弄手机，“逼”着他一块拍合照；晚上，向南要去话剧团排练，叶子一定要跟着。

……

这天，向南终于走完了一天的流程，刚一迈进宿舍，其中一个舍友就发话了，“哎哟向南，最近谈了恋爱，和叶子甜蜜得整天人影都不见一个了啊！”

向南有苦说不出，“我从来不知道叶子是这么的黏人，我现在感觉我们两个就像刚出生就缠在一起的连体婴！”

“行了吧你小子，别身在福中不知福，”另外一个舍友接口道，“我们哥儿几个倒想找那么漂亮的女朋友，可人家也瞧不上哪！”

在一片笑声里，向南无奈地摇摇头。

晚上，他躺在床上，虽然累成狗，可却怎么都睡不着。想着这些天跟叶子在一起的画面，突然猛地打了一个激灵，问自己，谈恋爱这么好的事为什么我却感到痛苦？

06

很快，学校放了寒假。

向南的老家在东北，叶子的老家在陕西。从放假的第一天起，叶子就对向南施展出高达十级的“夺命连环 Call ”，向南本来打算要去市区看冰雕，可叶子死缠烂打，非要和他煲电话粥。向南只好服软，陪着叶子聊了两个多小时的电话。两个人从东北有哪些特产聊到西安大雁塔，又从陕西的小吃聊回东北的雪景。

挂电话之前，向南特意跟叶子“请假”，说他明天要出门去亲戚家做客，可能会顾不上接电话。叶子答应得好好的，高高兴兴挂掉了电话。

新学期伊始，叶子立即换上过年新买的衣服，对镜梳妆。一旁的舍友看到说：“又是去找你的那个情郎吧？怎么没见他来找过你啊？”

另外一个女生接话道：“对呀对呀，我跟你说，咱们女孩子不能太主动了，否则那些男生们就不会拿正眼瞧咱们，更别提把人放在心上了！”

说者无意，听者有心。叶子当即有了想法——这次还非就不主动了，她倒要看看，这向南什么时候会联系她？

孰料，半个月过去了，叶子的手机响都没响。她盯着那个手机发呆，简直都要魔怔了。那向南呢，像一匹脱缰的野马，似乎彻底忘记了还有她这么一号人。

这天晚上，叶子终于绷不住了。她来到楼下，拨通了向南的电话，向南正睡得迷迷糊糊，刚摁了接听键，就听叶子在那边大吼着：“向南，你今天必须跟我说清楚！”

向南慢慢地看一眼墙上的钟表，十一点四十。他打了个哈欠，慢悠悠地对叶子说：“明天吧，现在都这么晚了，”然后不等叶子回话，“你也早点回去休息。”说完就直接挂掉了电话。

没想到，他刚躺下，下铺的手机又响了。那男生也睡得迷迷糊糊，刚接起马上就被吓得清醒了。挂掉电话，他赶紧从床上跳下来，站在床头摇向南：“向南，向南，你快穿上衣服下楼吧，叶子说她要是今晚见不到你，她就在楼下站一夜！”

听了这话，向南也不睡了，“嗖”的一声穿上衣服，赶紧朝楼下跑。

07

几天以后，叶子变本加厉，趁着向南不注意，删掉了他手机里的一张他跟其他女生的合影照。为此，向南跟叶子大吵一架，叶子拒不道歉，伤心地质问他，“我才是你的女朋友！你凭什么在手机里放别的女生的照片！”

尽管向南一再解释，这只是上次排练话剧，大家在庆功时无意留的照片，可叶子非不听。

又几天以后，向南发现自己的银行卡被人查了。不用说，那个人一定就是叶子。他跑到女生楼下打电话给叶子。过了半个多小时，叶子才慢悠悠地走出来。

“你终于肯来找我了哈？”一见面，叶子的脸上写满了委屈。

“我问你，你为什么要查我的银行卡？”向南气呼呼地质问她。

“不为什么，就凭我才是你的女朋友！”叶子理直气壮，丝毫没有认识到问题的严重性。

“你还拿我当个人吗？你这是在控制我！”向南越发着急。

“向南，我只不过是想看看没和我在一起的时候，你都去哪些地方，和谁在一起！”叶子依然觉得自己很有理。

“你这是侵犯我的个人隐私！”向南怒不可遏，甩下叶子转身就要走。

“向南，”叶子在他身后大喊，“今天你要是敢走，我们两个就分手！”

像一个沉重的石子，这句话击中了向南的身子。他站在原地停了一会儿，又径自向前走去，很快就消失在茫茫的夜色里。

08

两年后，向南即将毕业。因为成绩突出，他已经提前被一家世界 500 强公司录用。

宿舍人吃散伙饭时，一个男生从外面跑了进来，对向南说，“门口有位女生找你。”

向南举起杯子干了一口酒，转身对兄弟们说：“哥儿几个等着我，一会儿回来再跟你们慢慢喝。”

他走出饭店，正要下台阶，却一眼就看到了正笔直站立在面前的叶子。

“我是来祝贺你的。”叶子说。

向南愣了一会儿，随即马上反应过来，伸出右手握了一下叶子，说了声，“谢谢。”

两个人就没再说话，气氛有些尴尬。向南挠了一下头，“要不，进去坐坐？”

“不了，你们喝你们的，我一个女生掺和什么劲儿！”她温柔地笑笑，好像又变回了那个没爱上向南之前的叶子。

“如果你不忙的话，就给我几分钟时间吧。”叶子恳求道。

“哦，不忙。”向南回说，提了一下手，“我们边走边聊吧。”

两年没见，向南似乎黑了，瘦了；叶子则更成熟了，隐隐中透出一种宁静的美。两个人并肩走在那条熟悉的小路，聊起最近两年的近况。叶子说她已经申请了去澳大利亚做交换生，10月份就要出国了。向南觉得这是件好事，连连恭喜她。

说完了这些有的没的，最终还是绕不过情爱的话题。

“学长，”叶子突然站住了，“你后来又……那个了吗？”

向南怔在原地，恍惚间，时空一下子回到叶子向他告白的当年。

奇怪的是，叶子并不是真的想要听那个答案。向南没有说话，叶子便没再追问。她重新恢复了走路，淡淡地对着空气说，“其实分开以后我才想明白，你不爱我的。”说到这里，叶子忽然笑起来，“而我因为太爱你太怕失去你，把自己陷入一个很紧绷也很可笑的境地。学长，我从来也不知道特别爱一个人的时候，是如此的不可自控以致伤害到了我们两个。”

“叶子，你是个好女孩，你的爱情应该是独一无二的，不可以去将就。”向南回答。

“是啊，你不是不知道追我的男生有多少，”叶子说，“可是我只看到了你。我是因为一直都不想要将就，不想要随随便便去爱什么人，所以才决定一定要是你。可是，最后我才发现，原来不够相爱，就是最大的将就。”

09

新工作入职的第一天，向南搬着一堆文件朝自己的工位走。

突然，面前来了一个同事不小心撞散了他的东西。

弯腰低头去地上捡的时候，猝不及防，他看到一个白色的信封。回到工位上，他小心翼翼地打开这封信，发现署名是叶子。

那信纸上只有短短的一句话——面对爱情，我们都不想要将就。希望学长今后，可以遇到并且拥有一个全心全意相爱的人。

看着这行娟秀的字迹，向南内心渐渐变得平静，他忽然想起毕业那天。舍友们在饭桌上为他和叶子分手的事纷纷感到惋惜，好几个人劝他回头，把她哄回来；甚至有人骂他太狠心，无端去伤害那么好的一个女孩的心。

直到看到这封信他才愿意相信：如果不爱，就该趁早放手，好让自己有机会去找到真正爱的人，也让叶子能够早日找到真正爱她的人。

10

我们终究没办法跟我们爱而不够爱我们的人在一起。因为除了去爱，每个人都想要被爱。如果你非要强来，那种面对爱情不够自信的心情，就会变成一副枷锁，每天都折磨着两个人。

如果你不想在爱里将就，就多花些时间，去找到那个真正彼此相爱的人。千万要记得——你的爱，一定不要比他给你的，还要多。

爱情，我喜欢的样子你都有

对于爱情来说，不管最初的遇见有多少惊心动魄，随着时间的流逝，它一定会变得平凡、普通，甚至不起眼。我愿岁月平淡地和你在一起，却每一天都充满甜蜜。

唱过《广岛之恋》的我们，就要结婚了！

唱过《广岛之恋》的我们，就要结婚了！

当走向爱情时，你会爱上一个相似的人，还是选择一个完全不同的人。

01

2015 年，王聪大学毕业，顺利应聘到一家外企工作，待遇不错。他做销售，大概因为很有灵性，试用期还没完就意外签到了一笔大单。

老总一高兴，当即命秘书在公司大群里发布消息，今晚请客吃饭。

饭后，一些路远的人先行回家了，王聪被几个女孩“哄骗”到了 KTV。没想到，就在那样的一个混乱场合，逢着一束霓虹的灯光，王聪邂逅了他心目中的女神。

当时，那个女孩正在前台结账。王聪眼看着她就要走，心里慌了神，一个快步走上前去，迅速抽出一张名片递出去，“小姐你好，我看你挺喜欢唱歌的，我认识他们这儿的经理，下次你唱歌可以找我，我帮你打折。”

那位小姐拿过王聪的名片，扫了一眼，脸上露出诧异的表情。王聪赶紧给一旁的门卫小哥塞了一张毛爷爷，小哥于是笑起来对那个女孩狂点头。

女孩就把他的名片收进了包里，临走之前对王聪说，“你才是小姐你全家都小姐。”然后踩着高跟鞋嗒嗒嗒一溜小跑，迅疾消失在王聪的视线之外。

“真是个伶俐妹子。”王聪不禁感慨。

02

王聪以为自己没戏了。孰料，第二天一早他就接到一个陌生电话。当时他刚睡醒，脑子还处于未开机状态。迷迷糊糊中接通了电话，就听那边一个爽快的声音问道，“小子，今晚 KTV，如何？”

他正要疑惑这是何方神圣，突然想起昨天的事，惊喜之余连忙对着电话说，“好好好，一言为定。”

他当然不认识那家 KTV 的老板，于是提前半个小时到 KTV 疏通关系，用一盒兰州收买了前台。办完这些事，他便焦急地在一旁等待。

果然，那姑娘很准时，七点钟就踩着高跟鞋嗒嗒嗒进门了。

只是她推门的那一瞬间，王聪的心有点凉，因为这姑娘心眼贼多，来的不是一个人。

既来之，则安之。王聪心想这也没什么，人多热闹，就带着几个女孩进包间。好在他一直是比较爱面子的，这回提前预订了个中包，要不然，这丢脸可就丢到太平洋去了。

几个女孩性格都很活泼，有一两个更是自来熟，很快就跟王聪打成一片。从她们口中，王聪知道姑娘叫莉莉。因为是莉莉促成这场约会的，所以她们几个都调侃两个人郎才女貌看起来挺般配，不如就正式拜堂，永结秦晋。王聪这么一个做销售的大男人忽然被她们逗得有些不知所措。

其间，有个女孩一直在提议他俩来首情歌对唱。

酒壮㞞人胆，王聪猛灌了几口酒，主动坐到莉莉旁边，问她会唱什么歌。

莉莉还在想呢，她朋友飞一下就冲到点歌机前，给他们点下一首《广岛之恋》。

“哎呀，你怎么点这首歌呀？听说唱过的情侣可真是会分手的！”看到大屏幕上显现的字，另一个激动地说。

“没事没事，反正我们也不是你们起哄的那样。他说有他在这里唱歌便宜我才叫他的。”莉莉一边解释着，一边举起了话筒。

不一会儿，《广岛之恋》的前奏就响了，只听王聪“嗷”一嗓子，“你早就该拒绝我，不该放纵我的追求……”他一边唱一边用无辜的小眼神看着莉莉，心说，“老天爷，这是假的！假的！！假的！！！”

03

那晚，K 完歌的另几个姑娘像是商量好的，一出大厅一哄而散，只留下王聪和莉莉两个人。天色有些晚，王聪主动提议送莉莉回家，她没有拒绝。

说来也巧，这一送也才知道，莉莉就住在王聪租住的小区隔壁。从那以后，王聪和莉莉的电话越来越多，没事总约着吃饭，逛街，看电影。

一天，两个人刚看完《夏洛特烦恼》，莉莉走在路上，冷不防地问王聪，“你说，夏洛当初干吗要娶他不爱的马冬梅啊？”

王聪压根没想到莉莉会问这么刁钻的问题，可为了解答女神的疑惑，顺便秀下自己残疾的智商，他让大脑疯狂运转了一会儿说：“那是因为他有一天会知道，自己最爱的人正是马冬梅。”

“嘁，吹吧你。比编剧还神呢。”莉莉回了他一个白眼，就径自加快脚步，王聪赶紧跟了上去。

04

对于莉莉到底喜不喜欢自己，或者有没有注意到自己很喜欢她，王聪心里是一点都没底的。为了打听下对方的意思，他决定故意疏远莉莉。

这天，王聪故意带了一个女的，在莉莉住的小区走了好几个来回。姑娘穿的是高跟鞋，脚被磨得起了泡，走路开始一拐一拐。又过了半个小时，还不见莉莉回家，姑娘急眼了，“大哥，你讲好的两百块钱一个小时，现在都超点了，你到底要拽着我演到啥时候？”

王聪也急了，自顾自地喃喃，“平常那小妮子8点之前准到家了，今天这是去哪野了？”说完马上意识到自己领悟错了重点，对着姑娘此时已红肿的脚看了一眼然后装着样子说，“这样吧，再加半个小时，一会儿多给你一百！”

为了钱，姑娘豁出去了，脚先不要了！

十几分钟后，不远处传来一阵有节奏的嗒嗒声，王聪推断，一定是莉莉来了。果然，莉莉从小区正门进来了，现在正一步步往他们这里走。

王聪见势一把搀住姑娘胳膊，“快，叫老公！”姑娘“嗷”一嗓子，“改口费怎么算？”王聪急得一摆手，“一千块！”

于是，莉莉就看到了这样一出好戏，一个娇滴滴的姑娘歪歪扭扭地站着，一只胳膊绕在王聪胳膊上，正用一双媚眼瞅着她，嘴巴则脆生生地喊着王聪，“老公。”

她立马上前，行了一个白眼礼，“什么时候准备葬礼……啊不，婚礼，我好登门亲自给你们道喜！”

王聪与姑娘同时说，“下个月。”“明天。”

莉莉忽然就明白了一切，又甩给王聪一个白眼，笑哈哈上了楼。

“白痴啊你，有刚认识一天就举办婚礼的吗？”王聪让那姑娘给气得头发直冒烟。

“你才白痴呢，有刚认识一天就让我喊你老公的吗？给钱！”

05

这一招功亏一篑，王聪又想一招。

他守在莉莉下班必经的回家路上，每天都送一朵蓝色妖姬。

莉莉是真喜欢这花儿，莉莉知道这又是那几个先前一块唱歌的姐妹给他透的底。看在花朵很美也很贵的分儿上，莉莉每次都高高兴兴地收下了礼物。只不过，因为王聪过去跟她演戏的事，她始终不肯正眼瞧他。

直到有一天，她忽然发现自己的手机和钱包都不见了。要是只是其中一个不见，她还可以用手机冻结所有的卡，或者用钱再去新买一个手机。

她想找自己的姐妹帮忙，才发现姐妹们住得都比较远，跑过去要很长时间。无奈之下，她只好走到隔壁小区，上到四层，去找那个演戏很烂的王聪。

敲门的时候，莉莉心里的潜台词是，小子，可别说姐没给你机会。

王聪当然没想到莉莉会主动来找自己，听了她的遭遇，他二话不说就先用手机帮莉莉把工资卡冻结，然后拉着她直奔楼下的自助银行。

按密码取钱的时候，莉莉是很不自然的，长这么大，她还没花过任何男人（除了她爸）的钱。

“给你，”王聪把厚厚一沓钱放进莉莉手心，“拿好了，这些应该够你交房租和吃饭的了。”

莉莉被吓到了，“你这是取了多少？”

“五千。”似乎是感觉到莉莉有难意，王聪接着说，“你别多想，女孩子在外多拿点钱生活不受罪，大不了补完新卡再还我就是。”

“你挺年轻个人，怎么讲话有一股老人味？”莉莉又问。

“这是我奶奶说的。”王聪淡然一笑。

06

几天以后，莉莉来还钱，“可以跟我讲讲你奶奶吗？”她突然问王聪。

07

王聪从小父母离异，爸爸心里只有他的工作，母亲对婚姻心灰意冷，带妹妹去了另一个城市打工。王聪就是在那时感到自己突然变成一个多余的人。

还好他有奶奶。奶奶教他画画，奶奶教他认字，奶奶做可口好吃的饭菜给他一个健康强壮的身体，也教他好好做人，珍惜每一粒粮食。

然而，就在他考上重点高中，想要把这个好消息告诉奶奶时，奶奶去世了。

我一直很努力地学习，就是想将来考个好大学，找个好工作挣很多很多钱孝敬我奶奶。王聪低沉着嗓子，声音竟变得有些沙哑。

“其实，我也是奶奶一手带大的。”莉莉忽然开口道，“还有就是，我也没有奶奶了。”不知何时，这两个思念奶奶的人，很温暖地拥抱在了一起。

“莉莉，让我来爱你，照顾你吧，好吗？”王聪摸着她的头发说。

莉莉不说话，却使劲地点一下头。

08

谈过一场两年零三个月的恋爱后，王聪向莉莉跪地求婚了。

莉莉接受了，然后他们准备在那年十月的最后一天完婚。

结婚的前一个礼拜，王聪叫来莉莉和她的那帮当初在 KTV

一起玩的朋友。

“我和莉莉要再唱一次《广岛之恋》，因为，”他笑着看看莉莉，两个人一起说，“我们要结婚了！”

那些闺密全都面面相觑，继而包间里爆发出一阵热烈的掌声，久久不息。

流浪歌手的爱情

01

2009 年，大学毕业后第一年，刚上班工资实在少得可怜，我便在网上到处联系看有什么兼职可做。几经周折，竟有一家酒吧老板向我伸出橄榄枝，问我是否愿意晚上到他的酒吧驻唱？

看出我的疑虑，老板笑说：“试用期一个礼拜。每个晚上 100 块。”

“那我需要准备几首歌？”我问老板。

“你不需要唱全场，我会安排别的歌手轮序。”

一个晚上四五首歌，100 块，彼时我的全职工资不过也才六百，我觉得这个买卖很划算，遂欢天喜地地回家准备。

02

在酒吧唱歌的第一晚，在我唱完天后王菲的一首《催眠》下台后，我没想到我那么快就遇到了一个闪闪发光的人。

人这一生总会遇见一个彩虹般的人。当他出现的时候，周遭的一切突然全部黯然失色，天地之间，你的目光里，就只盛得下对方的容颜。

此刻，那个男孩正抱着木吉他站在台上，用一把未侵尘世、分外纯净的嗓音唱着，“也不知在黑暗中究竟沉睡了多久，也不知要有多难才能睁开双眼，我从远方赶来，恰巧你们也在……”

是朴树的《生如夏花》。

短短的一首歌，在他表演时，时间静止了。绚丽的灯光交织着，旋转着，映照出台下每个人的脸，人们一定也有被这首歌深深地感染到，我看到那些比我还大的大人们，纷纷不由自主放下了酒杯，稳稳地注视着台上，目光里流淌着难以言说的温柔。

就在此时，我注意到酒吧的角落里，一个花样年华的女孩，双手正托起两腮，痴痴地听着，嘴唇一张一合，跟着节奏稳稳地唱。

03

我心里泛起嘀咕，那女孩格外欣赏的眼神背后，一定跟爱情有关。

我决定上前问个明白。

于是，我迎着刚刚下台的男孩走过去，笑着做自我介绍，并伸出右手。但他竟没有理我，很敷衍地抓了一下我的手，酷酷地背着吉他从身边走了过去。

可能是酒吧太吵，而他又太受欢迎，所以才把我当成他的一个小歌迷了。我讪讪地发笑。转过身，寻找他，却发现他正面对那个女孩，笑得一脸灿烂。

果然呀。女人的第六感百发百中。我心里一乐，“这就好办了呀，那个女孩子看起来面善许多，我正可以通过她去认识一下他们。”这样想着，冲服务生打个手势，叫了两瓶伏特加。

接下来，会是其他歌手的表演，我们至少有两首歌的时间沟通交流。

也许是因为身份的原因，等坐下真正聊起来时，我才发现男生并不如我想的那样不近人情。

不过，像大多数刚刚认识的陌生人，彼此之间还是免不了“套路”一番。

“你的嗓子很纯净啊，就像四月北京晴朗的天空，云淡淡，没一丝杂质。”我眼睛瞪得像铜铃似的望向小哥。

“谢谢。”

我等着他来“套路”我，孰料“谢谢”之后，一片寂静。

“这位，”我用手掌指着他旁边的女孩。这次，没等我继续，小哥抢先一步，“她叫小美，是我的女朋友。”

04

俗语说，“吃别人的嘴短。”半瓶伏特加下肚，小哥嘴巴的阀门也被打开。用抽一支雪茄的工夫，他跟我讲了自己和小美的爱情故事。

两个人来自同一座城市的同一个村子，是一条胡同的左右邻居。从小一块光着屁股长大，可以说，“青梅竹马”“两小无猜”这种美好的词汇，自出现在中华词库里就是为他们俩准备的。

相伴着一块长大，你知道我所有的“丑事”，我见过你所有的劣迹，哥哥妹妹地叫了许多年，忽而有天，双双迎来情窦初开的十八岁。

“原来我早就喜欢上小美了，只不过太后知后觉。”说到这里，他笑着看向身边人，那只握住她左手的手掌，忍不住悄悄用了些力。

“你白天做什么工作呢？”我话锋一转。

忽然，我看到小哥默默地垂下了头，许久不说话。一旁的小美立即举起右手，向我做出一个“嘘”的手势。

呀！原来这是他们所不能触碰的伤痛。可是，为什么呢？我在心里打问号。

05

好在小哥又要上台演出。小哥就是小哥，前一秒被我碰了“死穴”蔫成一团，这一秒吉他在手立马原地复活。

前奏响起，仍然是朴树的歌，这时我才发现，小哥眉宇间竟也有一股近似朴树般的淡淡忧愁。

小美忽然伸出一只手，把我拉到她身边。

“阿文没有别的工作，他是职业歌手。”她小心翼翼压低嗓音说。

“啊？”我惊讶得顿时大张着嘴巴，“那你们是怎么生活下来的？”话一出口，立即悔悟到有一点伤人，奈何已是泼出去的水。

小美似乎看穿我的心思，“本来也是有的，只不过我看他实在做得不开心，劝他辞掉了。”

原来，阿文从很久以前就喜欢吉他和唱歌了，大概可以追溯到第一次察觉自己很喜欢小美的时候。十八岁，当他发现小美很喜欢音乐时，就暗下决定要学会弹吉他，以后唱歌给她听。那时，为了得到这把吉他，他每天只肯吃两餐饭，偷偷节省了两个月。

他像揣着珠宝一样，揣着200元钱走进吉他店。再出门的时候，他是实现了最宝贵理想的少年。志得意满。

几乎是抱着吉他跑了一路。他匆匆地拉来小美，美美地对她弹奏片段。虽不成调，可此刻深陷在回忆里的小美说：“那是我听过的这个世界上最动人的声音。”

后来，阿文经过半年多的勤学苦练，终于可以熟练地弹着吉他唱任何一首他想唱的歌。有一天，他无比骄傲地对小美说：“我以后一定能成为一名歌手。超有名那一种。”

是的。你猜对了。阿文是因为想要讨小美的欢心才学了吉他。但最后，他竟真的喜欢上了唱歌这件事。

十九岁，阿文高考落榜了。不爱书本的他放弃了复读。小美为了跟他在一起，索性一块放弃了学业。两个孩子从此携手走天涯，阿文对着小美发誓，一定要用这双手和这副嗓子，为他们打下一片江山。

06

两个少年已长大，不愿再伸手向家里人要钱。

阿文决定背上吉他出门闯一闯。小美为此跟父母大吵一架，彻底闹掰。最后用一招“绝食”，逼得妈妈心软，做出让步。

坐在去往外面世界的火车上，两个人对未来充满无限的遐想。

“阿文，我们真的能靠自己挣到钱、活下来吗？”小美靠在阿文肩膀问。

“傻瓜，你不是经常夸我唱歌好听吗？”阿文回头笑给小美看，用手轻轻捏下她的耳朵。

火车一路晃荡着，开出家乡，开向懵懂又美丽的远方。

07

试一试就知道，现实生活永远比想象更残酷。

训练一只小鹰，最好的方法是把它推下悬崖，而强迫一个少年瞬间长大，你只需要给他几百块钱，然后把他丢向这个社会。

来到北京的第一天，阿文和小美拖着疲惫的身体却怀着兴奋的心情，找到一间租金合适的房间。这次出门，阿文父母只给了五百块钱，小美的爸妈倒是拿出两千，可小美愧疚自己不听话，惹妈妈生气，硬着头皮悄悄塞回去一半。1500 块，是两个人加起来所有的现金。

租房子花掉三百。两个人睡到天黑，又去附近的小商超里买些牙刷洗发水等生活用品。快出超市门口时，小美眼巴巴望着一串黄澄澄的香蕉流口水。阿文看到，过去一把搂住，“小馋猫！”随后把自己买的毛巾等东西递到她手上，直摆着手要她先回家。

不一会儿，阿文回来了，手里搬着一个纸箱，上面堆放着两串馋人的香蕉，还有红色的提子。小美尖叫着跳过去，开心地用拳头捶打他：“你买它做什么？我们都还没有工作呢！”

阿文笑笑，放下那纸箱，“不怕不怕，有了它，随便你吃多少香蕉。”小美这才看到，纸箱上清清楚楚地写着一行字——康师傅方便面。

“你吃水果和正餐，我有它就行了！”阿文说着，打开一包泡面，喜滋滋地找出调味料。

第二天，两个人舟车劳顿，在小屋里美美地完成一场大觉。吃过晚饭，小美不无忧心地问阿文，他对找工作有什么打算。阿文仍然好脾气，“船到桥头自然直。”

第三天，阿文背着吉他，带着小美兴致勃勃地跑到了北京最有名的酒吧一条街。几首歌演绎下来，阿文累得满头大汗，可那些听歌的老板，不是嫌他没有专业的乐理知识，就是嫌他年纪太小，担心吃不了苦。头两次失败后，小美已经心急如焚，阿文尚且坚持着他的乐天主义精神，可得知第三次也以失败告终时，阿文的脸上开始闪现一丝不安。

走出酒吧，晴朗的天气突然一下子变得阴郁。阿文抬头，只见那太阳冷冷地躲在乌云背后，似乎正狠狠嘲笑着他的不自量力。小美反倒淡定许多，她了解阿文此刻内心的挫败感，一个劲地抓住他的手。

就在此时，阿文说：“看来今天是没戏了。”

果然，下午的面试糟糕依旧。天黑的时候，阿文深刻地体会到什么叫作心如刀割，什么叫绝望。

那晚，他躺在床上，一夜未眠，心里只有一个想法——我真的不行吗？

08

几天以后，身上的钱越来越少。小美直嚷着要出去找工作，被阿文生气地否决掉了。理由是，如果不是自己非要流浪，小美现在应该在很好的校园里安静读书。

可能正是因为这份责任，还有他心底那股不服输的骨气，阿文决定拿出最后一点时间，跟酒吧老板死磕一下。

死磕的结果非常惨烈。走出那条街道最后一家酒吧时，阿文清醒了，“当务之急，必须先找一份糊口的活计。”

坐车路过一片繁华地带，阿文看到商场因为开业正在搞大酬宾，很多人挤在人流里发传单。他立马有了想法，没等车停稳，就飞着跳下车。

发传单不需要限制年龄、工作经验，甚至其他有的没的。阿文勤勤恳恳地接下任务。

当时正是一年中最炎热的盛夏。七月流火，阿文顶着毒辣的日头沿着街角站了两天，整个人就被晒得脱了一层皮。每天，他都要不停地向往来的人群发出邀请，不停地说话，解释，套广告，而那些人大部分只是拿到传单，看都不看地，没走几步远就随手一丢，根本不能为阿文的业绩做任何贡献。

超负荷的体力劳动致使阿文每天都很累，他一到家就鞋子也顾不上脱地倒在床上，那把心爱的吉他已经落满灰尘。小美也很久没再听到阿文开口唱歌。

一天夜里，阿文突然直愣愣坐起，动作太大惊醒了小美。她颤巍巍地摸摸阿文的额头，那么热的天气，它居然凉得好像冬天冰窖里的一块砖。

她弱弱地叫着阿文的名字。阿文许久不出声。突然，他一把抱住小美呜咽着："对不起，对不起！"紧接着，几滴冰凉的泪水直顺着小美的脖子往下流。

"那是第一次，我看到阿文哭得那样伤心。"

09

后来，小美还是背着阿文偷偷找了一份饭店服务员的工作。为防止露馅，她特意申请了小时工。每天赶在阿文下班之前回到家，在他面前佯装出刚刚睡醒的样子。

阿文从来不告诉小美自己做什么工作，在哪里上班。因为他坚决不要小美替自己担心。

虽然不喜欢发传单，可为了生计，阿文咬紧牙关坚持了小半年。

小美呢，因为工作的关系竟然阴差阳错认识到一个开酒吧的客人。一来二往，小美便找机会将阿文介绍给了那位老板，并且恳请老板替自己保密，一定说她是从楼下超市里认识的自己。

好心的老板因为肯定小美的为人，答应给阿文一个试唱的机会。但结果并不如你所愿，大半年没怎么摸吉他的阿文，很遗憾地未能很好地把握住那次机会。但他从此知道，生活总不会轻易达成人之所愿，为了能有天去做想做的事，人必须先去做很多不情愿的事。并且，在那之前，不管发生什么，都不该轻易丢掉心中的理想。

他又开始了弹吉他的生活。渐渐地可以接一些小型商演。成为一名酒吧歌手后，阿文怀着感激的心情，辞掉了那份养育过他和小美还有理想的发传单工作。

从那之后又过了好几年，今天的阿文和小美，已经双双来到他们的 24 岁。

“这个年纪已经不算年轻，尽管阿文也还没能成为一个大家都知道的歌手，我们赚的钱依然很有限，可是，”小美用坚定的目光看向我，“他快乐就好。”

凌晨四点，我走在回家的路上，迎面撞上一阵风，脑海里反复回响起小美离开酒吧时最后跟我讲的一句话：“阿文最喜欢音乐，我最喜欢阿文，所以今天的我们都已如愿。”

想到他们手拉手一起迈出酒吧的身影，那一刻，我不知从哪里来的勇气，笃定他们一定会这样走很久。

我可能没那么好命能有下辈子，所以这辈子我非你不娶

01

2010 年，胖子 20 岁，喜欢唱美声的他终于熬过了那个炎热的盛夏，顺利被录取到一家闻名全国的音乐学院。

入学第一天，胖子在食堂打饭时，对排在他前面的女孩一见钟情。

当时，目测身高一米七，脚蹬小白鞋的女孩只留给胖子一个浑圆的后脑勺，一把青丝整洁地扎起，上面打了一个水粉色的蝴蝶结。

女孩正在跟前面的同学聊天，那如水般顺滑的马尾甩来甩去，递给胖子一阵阵清香。胖子暗暗深吸一口气，他嗅出来了，是海飞丝。

一见钟情有很多种方式，温暖干净的笑容会是武器，洁白整齐的牙齿会是武器。但是那一刻，打败胖子的，是那一阵清幽的

洗发水香气。

于是那顿午饭胖子吃得心不在焉，匆忙地刷过饭碗，一路“尾随”心上人查到了她所在的系和教室。

女孩是美术班的。胖子心想，果然是气质型美女！可当他看清楚教室的门牌号时，不由得心里倒抽一口冷气，这位学姐已是大四生，至多还有半年就将毕业！

02

“这可如何是好！”胖子心里打起退堂鼓，愤懑地直抓脑壳，“我怎么偏偏就看上个快毕业的学姐，连勾搭的时间都得以分秒计！”

躺在床上想了一个晚上，胖子有了决定。

人这辈子遇到个喜欢的不容易，他如果就此放弃才是真对不住自己。

胖子打算采取“地道战”那一套，对“敌人”出其不意攻其不备，分头围歼各个击破。他从父母给的月零花钱里抽出一大部分请学姐的舍友吃饭，终于如愿以偿换到学姐的微博。

从那以后，胖子的人生爱好又增加了一项，除了上课，练习美声，每天一定要把学姐的微博仔细翻一翻。

这么一翻，还真有不少收获：除了画画，学姐也喜欢唱歌、跳舞。从她的字里行间看过去，学姐不但人长得有气质，性格也很平和、温婉，很少出现生气、发火甚至骂人的字眼。胖子越看心情越好，不禁一阵得意——哎呀，感谢我这一双争气的眼睛！

“暗战”搞了一个多月，学姐的那些舍友皆因为“吃别人的嘴短”，纷纷站队胖子力挺他主动出击，但他心里还是有些不放心，自己并非玉树临风英俊潇洒，相反 160 斤的重量级体型可能会让很多女孩看一眼就望而却步。曾经，他也不是没有过心动的女孩，但就因为对方嫌弃他的身材太过臃肿，还没轮到表白，女孩就逃之夭夭。

他可真不想在同一个坑里摔倒两次！

03

一天，胖子正坐在饭堂桌子前吃饭。一个好听的女声在他耳边响起：“同学，你好，我能坐在这里吗？”

胖子习惯性地仰起脸，眼睛落到女孩身上时心跳顿时漏了一拍，“天哪！居然是自己暗恋的那位学姐！”

胖子怔在原地，过了一会儿才反应过来，哆哆嗦嗦地回一句：“随便坐随便坐，这里没别人。”声音小得，他自己都快听不见。

那顿饭胖子自然是食不知味，因为他心思全在学姐身上了。女孩穿着一件雪白无袖连衣裙，端端庄庄地埋头吃饭，那安静恬淡的气息，让胖子再一次心猿意马。就在她结束一切站起身要离开餐桌的那一刻，胖子忽然感觉到一股“失去”的沉重感，他强烈地感知到自己的不舍和想要再次见到学姐的夙愿，一不做二不休，他当即决定——“追”！

于是乎，第二天早上，学姐的课桌上就多了一份早餐，是一盒谷物牛奶和无糖面包。胖子在微博里看到过，学姐有发这两样东西的照片。

他放下东西后，像做贼一样迅速逃离教室，一路兴奋揣测学姐见到东西后的反应。

就这样坚持了一个礼拜，胖子终于鼓足勇气，在舍友的帮助下，把学姐约到了东边操场。

04

一见面，胖子单刀直入：“做我女朋友吧！”

对面的学姐沉默着，胖子重重地低着头，丝毫不敢看一眼。

“对不起我知道很唐突，可我真的很喜欢你！”胖子又说。

学姐还是不说话。

过了一会儿，胖子感觉有根手指在自己的脑门上使劲戳。

胖子豁出去了，猛地一抬头，不偏不倚，正对上学姐那双温柔如水的眼睛。“哗”地一下，他满脸通红。

学姐周身散发出一种他们初次相遇时的清香，让胖子的小眼睛越发变得迷离。

“你是认真的吗，小弟弟？”学姐眯起眼睛笑。

胖子点头如捣蒜。

“那好吧，如果我们能坚持到大家毕业都还不分手，就真的在一起。”

胖子后来对我说，“这是他这辈子听过的最美的情话。”

05

学生时代的爱情是单纯的。

胖子没有看错，学姐是位温柔懂事的女孩。虽然有了她以后，胖子总是省吃俭用想尽办法买各种好吃的留给她，但她每次也一定会拿出自己的零用钱，给胖子买干净漂亮的T恤。

有好多次，学姐心疼胖子乱花钱，就趁他不注意，悄悄塞一两百块在他的书本里。

学姐今年就要毕业了。所以他们比一般的情侣更珍惜时间，珍惜彼此。胖子对学姐说：“因为还有你的那个约定要去兑现，所以我毕业之前绝不会和你发生关系。”

胖子的爱就像一杯最平常的白开水，虽然没有可乐雪碧有滋味，却更养人。

为了能从外表上更配得上学姐，胖子甚至利用周末做家教，拿挣的钱去游泳健身。

不过可悲的是，2017年我认识的胖子，仍然是个不折不扣的胖子。

转眼，学姐毕业了。美术生不是很好找工作，接连几次碰壁以后，学姐心情大变，调整以后，决定先回老家帮亲戚的忙一段时间。

离开前，她专程去学校找了胖子，眼神是哀怨的，或许是觉得此后两人就没那么多时间在一起了，说了一些很伤感的话。胖子默默地听着，一把宠溺地将学姐搂在怀里，又默默地流下一串眼泪。他轻轻地抚摩学姐的头发，“我会给你打电话，每天都会。”

夕阳西下，在他们互相说了“照顾好自己”以后，两个人正式分道扬镳了。

胖子上了大二。他开始认真学习，每天都起早吊嗓子。他知道，两年后的自己将和学姐一样，有很大的可能没办法靠唱歌找到一份挣钱的工作。

虽然他是教授眼里的第一名，虽然他的高音确实很棒，虽然他还曾代表学校参赛，在市里拿过一个大奖。

胖子的偶像当然是帕瓦罗蒂。所以他一直希望自己能够做第二个他。

那些个见不到学姐的日子，他饱受相思的煎熬，却也化悲伤为动力，辛勤地耕耘着那片土地。

这期间，他当然也遵守了约定，每天都会给学姐打电话。两个人一聊就是三四个小时，好多时候胖子挂掉电话，才发现宿舍大门紧锁，他就在街道上坐到天亮。

寒暑假期间，胖子也找了各种借口不回家，买张去到学姐老家的车票，一路颠簸着去见她。每次去，必然是大包小包地提着，然后两个人在外面找家旅馆，穿着衣服相互抱着说话。

有一次，学姐说："胖子，你现在就要了我吧！"紧接着，眼眶就湿润了。

胖子那会儿也有点激动，却还是做出非常理智清醒的回应，他用手抓起衣服披在学姐身上，用力地把她抱紧，轻轻在她耳边回一句，"我答应你，娶你的那天晚上我一定要你。"

胖子心知肚明，学姐害怕万一他们走不到最后，所以才想留给彼此一段刻骨铭心。

06

转眼，胖子也毕业了。

再一转眼，胖子要就业了。

可这就业，一波三折。原来，几位老师因为惜才，联名将他推荐去了一家不错的歌剧院。但就在胖子即将到任的前一天，剧院来信说，他们另外找到了更合适的人，所以要不了胖子了。

其实胖子和他的老师们都清楚，他这是被人用关系顶包了。

老师们为此深感遗憾，但事已至此，唯有劝胖子想开一点。

当天晚上，胖子窝在自己租住的小房间里，埋头痛哭。他不是悲伤失去了这份工作，而是悲伤他前几天刚把这个好消息，打电话告诉了深爱的学姐。

第二天，藏好眼泪的胖子开始了艰难的找工作之路，他下决心要靠自己找到工作，给学姐一个未来。

可希望有多大，失望就多大。美声这个专业原本就有些“曲高和寡”的意思，走出学校胖子也才知道，它比流行音乐的受欢迎程度差了多少。三番五次挫折以后，胖子也开始有些丧气灰心。

一天，他在翻看日历做计划的时候，脑海里过电一样闪起一个念头，学姐已经 28 岁了！

“天啊，她不能再等了！”于是，胖子当晚就买了一张去找学姐的车票。

他要当面向她求婚。

07

“我没钱没势，甚至现在也没工作，你愿意嫁给我吗？”

在那条他们曾无数次驻足过的小公园里，胖子着一身黑色西服，对准他的心上人，单膝跪地。

学姐早已泣不成声，她以为胖子是急匆匆赶车没来得及换面试的衣服，却没想到，这一身绅士的风格是为自己穿起。

久久地，胖子举着手里那颗草环编织的戒指。

“我愿意。”学姐轻轻回一句。胖子快乐地起身将她横着抱起，环着草地绕了一圈又一圈。

两个人的笑声慢慢消散在空气里。

08

胖子带着学姐回家，并且把结婚的打算当面告诉爸妈。

没想到，却引发了一场家庭恶战。

“儿子，她可是比你大了整整四岁！你不替自己想，也不替我和你爸想，我们还想着赶紧抱孙子！”母亲用蛮力一把拉过胖子，话语像机关枪一样，狠狠地扫射着对面沙发上女孩的心。

“妈，最重要的是我爱她她也爱我！”胖子急得怒火攻心，但心却从未如此坚定，“实话告诉你吧，我们在一起四年了，我这辈子都不会离开她的！”

“你！”胖子的妈没想到从小到大对她千依百顺的儿子会这样忤逆自己，气不打一处来，凶巴巴地嚷，“总之我就是不同意！你要是想娶她，除非我死了！”

听到这里，学姐忽然像箭一样从沙发上弹起，含着热泪看向胖子，“胖子，别说了，咱们今生没那个缘分！”说完，又像箭一样飞快地推开门，冲向外面的夜色中去。

胖子也顾不上跟母亲吵架了，起身夺门而出。

背后，是令他感到心寒的母亲那歇斯底里的哭泣。

09

十几分钟，胖子终于追上了学姐。

两个人停下来，胖子像夏天的狗一样伸着舌头，气喘吁吁。

“小容，你不能对我这么不负责任！”胖子说一会儿，喘一会儿，“是我要娶你，而不是我母亲！”

“可是，不被父母祝福的婚姻是不会幸福的。”小容失落地垂下头，体力不支，一下蹲在路边。

胖子也想蹲下去，可尝试了两次，都没成功。看着他那个滑稽的样子，小容一瞬间想起好多胖子曾给过的温暖，不由得“扑哧”一下笑出声。

“你就看吧，没有我，你不行。”胖子得意扬扬地笑，完全忘记了刚才在家里发生的恐怖一幕，“你已经习惯我逗你笑了是不是？”他接着又问。

小容终于不再笑了，“下辈子吧，希望下辈子我能嫁给你。”

“你还讲这种话！”胖子显然比刚才跟母亲吵架还要着急，“我妈那个人我了解，她吃硬不吃软，只要我坚持不结婚，她就一定能答应我跟你的事。”

见对面的小容没反应，胖子又去拉她的手，“就让我们这对苦命鸳鸯一块并肩作战吧！”

许久，望着胖子熟悉的脸，小容决定性地点点头。

胖子笑得啊，肚儿上的肥肉乱颤。

10

“这就是你跟学姐的故事啊，所以……她现在是你的老婆吗？”

2017 年，坐在北京二环一座大厦的高层，我问刚刚认识三个月的胖子说。

“那当然，就冲我对小容的感情，我也一定不能娶别人！”

这说起来嘛，我跟胖子是经寇哥三月份介绍认识的。

胖子现在自己不唱歌跑商演了，他从母亲那里借来十几万注册了一个音乐工作室，因为北京的文化氛围比上海要浓厚，所以下半年注定要在这里死刨。

吃完茶，聊完合作的事，我跟胖子分道扬镳。刚上地铁，胖子发来一条微信：“我老婆昨天晚上跟我在电话里说，叫我安心在北京创业，她说她一定会把家里照顾好，叫我千万别担心。”

读完内容，我没有回，心里默默感慨，这样的姐弟恋也蛮好的。

忽然，我想起曾经，我的某个前任跟我提分手时曾这样承诺：“下辈子若还能相遇，我一定娶你。”当时年少，我很感动。

今天，听了胖子和学姐的故事，我只恨自己没机会对那个烂人说：“去你 × 的下辈子！”

因为真正的爱情只有这一种——我怕我没那么好命能有下辈子，所以这辈子我必须娶你。

姑娘，我能请你谈个恋爱吗

01

一大早，教室里炸开了锅。一帮女生围在一起叽叽喳喳，她们中间，坐着一个长相清秀的女孩。

“小佳，我当初警告过你吧，那种男生绝不能信！”一个穿粉红色上衣的女孩说。

“就是就是，那种人就是个二流子，谈恋爱献殷勤那是来得快去得也快！”另一个绿衣女孩附和道。

她们七嘴八舌胡扯一通，中间那个叫小佳的女孩却始终都没开口。

她们嘴里那个二流子，正是这几个月来像狗皮膏药一样疯缠她的南陈。但是就在今天早上，他竟莫名其妙地失踪了。

02

如果你不满意一个人，可千万记得要早点拒绝他哦！不然到最后，你会把对方的追求默认成一种生活习惯，就像每个月都会来的大姨妈。哼哼，哪天喝了凉水它没有来，被动的可就是你。

今年 22 岁的小佳，年轻漂亮，身材苗条。古人云，“窈窕淑女，君子好逑”，自从入学以来，追她的男生可以排成一个连。选择多了，困惑就多，下手就难，就像你逛百货商店，货架上琳琅满目的商品永远能把人看花眼。

不过时间也是检验真知的最佳出口。一两个月后，那些心不诚的男生自动退下一半。再久一些，又少掉一半。大浪淘沙。

看着坚持的人越来越少，小佳心里很着急，她长这么大还没谈过恋爱，很想能有个机会花前月下。不过转念一想，那些犊子，追个人都坚持不住，还能指望他们干吗？不如放平心态，稳稳看戏。

南陈就是在这个时候，情理之外又意料之中地从一帮帅哥里脱颖而出。

但凡有眼珠的人就能看到，这家伙身材一般，五官刚好押住丑的底线。扔在整个帅哥连，实在没一丝出彩。他最大的特点，是够不要脸。

那首歌怎么唱的来着，“我和我最后的倔强，握紧双手绝对不放。”我怀疑，这小子是下了不破楼兰终不还的决心去追小佳的。

试问有谁能够连续五个月，天天早起排队给女神买早餐？谁能一字不差地记住女神的生日还有大姨妈日？谁又能每天晚上目送并确认女神已安全抵达寝室后才离开去干自己的事？

南陈的出现，教会我们一个深刻的道理，女神之所以是女神，是因为有人爱她爱到不顾一切。

03

小佳的家庭条件不错。又是家中的独生女，父母把全部的爱都给了她。可以说，她是一个在蜜罐里长大的女孩。

从小到大，她收到过各式各样的礼物。但南陈送她的，是一瓶他攒了四个月的、从全国各地的海边捡来的小石子。不是网购、代购，不是跑去商店买，总之是一份不是只要掏钱就能轻易送出的礼物。

小佳看中这份心思。收到礼物的那天晚上，她坐在寝室的灯下，把那些颜色不同，身上布满花纹的小石子摸了一遍又一遍。望着小小的瓶身，她生平第一次开始联想起那个人。她不知道，此时此刻，一种名叫好感的东西，已悄然降临。

多少年后，我们总喜欢用钱去计算一个人对自己的爱。钻石代表一百分，金银代表及格，不会表示的人统统没戏唱。渐渐忘记了，那些与钱无关的礼物，也曾带给我们幸福。

没有对比，就没有伤害；可没有对比，就不会知道谁才是真的爱你。

那天，小佳走在路上，迎面走来几个人，看到她，一个男生突然发起酸来，“长得也就那样啊，整天装纯，以为自己是公主啊！”剩下几个人立即跟着一起哈哈大笑。小佳生气地盯住他们看，这才发现，污蔑她的正是此前曾疯狂追求她的人。

“哦？原来是你啊，狐狸才吃不到葡萄说葡萄酸呢！我这颗不怎么样的葡萄，就是烂了，也轮不到你！”小佳洒脱一笑，对着那家伙那张被气得快吐血的脸“哼”了一声转身离开。

对付嘴巴上长疮的人，你一定要比他更毒才行。否则那家伙还以为你好欺负。这是小佳行走江湖的交际原则。

但是如果遇到比她还暖的人呢？小佳不知道，但自从遇到南陈以后，小佳似乎开始懂了。

04

但也就是这个时候，南陈却从小佳的生活里消失了。

等她去全部打听一遍才知道，那孩子根本不是这所学校的学生。

傍晚回到寝室，小佳不再有好心情跟姐妹们说说笑笑，三魂七魄丢了一半，嚼大闸蟹也不香了。

姐妹们看小佳不开心，纷纷替她骂起渣男，于是就有了本文开篇那一幕。

人可能就是这样的吧，小佳想，没办法对对自己认真的人不喜欢。

她更努力地读书，将多余的精力消耗在篮球场。直到有天，她接到一个陌生电话。

“小佳吗？”她刚拿到电话，里面就传来一声急促的男声。

小佳的心跟着“扑通、扑通”狂跳。啊，多久没听到过这样纯净又干净的嗓音。

没等她回话，那边一句“我是南陈”，让小佳彻底张大了嘴巴，整个人愣在风里。

接下来南陈说了些什么小佳也记不清了，大概就是从他自报家门后，小佳陷入了恍惚。不过她总算搞清楚了南陈失踪的缘由。

这小子放学骑电动车回家，本来是轻车熟路，但不知道哪个浑蛋在道路中间晒了麦子，车子上去就一个鲤鱼打挺失去控制，带着南陈甩出去一米多远。更倒霉的是，他的右胳膊当即撞上一块石头，脱臼了。

为了治病，这才没去继续“骚扰”小佳。

“那你现在怎么样了？”小佳在电话里问。

“你这是在关心我吗？”南陈竟不作回答，咯咯咯地笑。

“啪”一声挂断了电话，小佳也咯咯咯地笑。

05

也不知道是从哪里打听到南陈住院的地址。总之，犹豫了好久，小佳提着一盒泡面出发了。

一见面，南陈居然坏笑着，脸上没有一点惊讶。

“杨过，你好哇！”小佳猛地拉过床侧旁的凳子，一屁股坐上去。拧开饭盒，她很熟练地喂起饭。

“你就给骨头断了的人吃这个啊？”南陈也不甘示弱。

“有吃的你就乖乖张嘴吧！”刚用勺子把对方的嘴巴撬开，小佳挑起一大口面往里塞。

吃完饭，两个人坐在床上面面相觑，一时无话。气氛越来越尴尬，南陈突然从床上弹起，撒娇一样地叫，“哎呀，躺了一天屁股好痛，陪我下楼走走吧！”

小佳也觉得屋子闷，走廊里一股浓烈的医药味。

外面的天气不错。两个人朝一片阴凉地里走，小佳走在南陈的左边，南陈突然一下抓住她的右手，“姑娘，我能请你谈个恋爱吗？”

“嘁，什么嘛，一点诚意都没有。”小佳笑着甩开，径直朝前走。

后来，两个人紧挨着坐在树下聊天。天是蓝的。人是笑的。空气里飘过阵阵花香。小佳突然感觉到，原来不是所有的爱情，都必须始于轰轰烈烈，就像南陈对她的感情，一开始就没要打惊天地泣鬼神的牌，可走着走着竟也发现，彼此就是那个自己最对味的人。

06

两年后，两个人从不同的学校毕业。小佳和南陈，依旧亲密如初。

为了前程，经过一番商量，两个人决定一块南下去往上海打拼。

他们选在最繁华的黄浦区落脚。小佳很快在南京路一带找到了工作，南陈则经过几轮面试，笔试，尘埃落定，工作单位是在静安寺附近。

都有了工作，原本是件值得高兴的事。但两人一查地图，发现这两地相距 4 公里，坐公交要 20 站。

“这……”思来想去，南陈决定还是住一起，一来可以减省房租，二来互相能有个照应，最后他说，“我想天天做饭给你吃，每天晚上都抱着你睡。”

就这样，两个人开始了这段沪漂之旅。

南陈因为住得远，上海的交通又不乐观，每天都要很早地起床。小佳心疼他会辛苦，多次告诉他可以不用做饭，外面小摊很多，她随便几筷子就能填饱肚子。但被南陈义正词严地否决。

于是每天凌晨五点，小厨房里的灯就亮了，为了不打扰小佳睡觉，南陈甚至特意去超市买来一盏暗色的小夜灯，就那么挂在厨房做照明。

凌晨六点，小佳从睡梦中醒来，小小的方形木桌上碗筷整齐，有时候是两个荷包煎蛋，有时候是西红柿打卤面，有时候是南瓜小米粥。黄澄澄，金灿灿。

刚参加工作，两个人又都是在试用期，难免诚惶诚恐。好几次小佳回家很久了，南陈却还没下班。但不管多忙，他都要打电话嘱咐她买点饭吃，吃完睡觉，不必等他回。

好几次，小佳睡醒一觉，发现南陈并不在身边。拿起手机一看，上面是他于几个小时前发的留言，我怕回家吵醒你睡觉，所以自作主张在麦当劳凑合一晚，等忙完今天回家一定给你做顿好吃的。

什么嘛，明明不是他的错，有什么需要补偿的？但看到这条信息的小佳，眉眼里都在笑。

所谓生活，不就是一蔬一饭？

所谓家，不就是一个人不管在做什么，心里总装着对方。

其实人这辈子，顶大难的事没几件，生老病死乃人之常情，柴米油盐才是真正的贯穿始终。一个在生活琐碎面前能时时处处照顾你的，才是真爱。

07

很快，三个月的试用期到限。南陈顺利通过，小佳因为没有职场经验，得罪了小组长，被人穿了小鞋，丢掉了工作。

回到家，南陈还没下班。小佳“扑通”一下扑到床上，抱着被子大哭起来。晚上回家，南陈一眼就看出小佳的心事。

他没说什么。只是打开笔记本，找到一部周星驰的《喜剧之王》，然后拉来小佳，把她整个抱在怀里一块儿看。

快到尹天仇跟柳飘飘真诚告白的片段时，南陈一把搂过小佳的脸，对她说：“我养你啊！”然后就听到星爷在电视里对柳飘飘说，“我养你啊！”

画里画外，两个女孩哭作一团。

08

年底，南陈在工作上进步突出，被评为年度部门优秀员工，得了2000块钱奖金。回到家后，他神神秘秘地一把拉住小佳使劲往外面冲。

在一个小公园正中央的草地上，赫然出现一座由五彩气球、丝带搭建成的天桥，上面布满了花瓣。草地上，星星点点，这气氛，非常梦幻。

当小佳看到这座美丽的爱之小桥时，她哈哈大笑起来。

“太丑了，”她扭头对南陈说。瞅着对方要发火，她又补充一句，“但是你做的我就都喜欢。”

这时，“嗖”一下南陈不知从哪变出一大束玫瑰花，他轻轻地走到小佳的面前，郑重地握起她的手，“姑娘，我能请你谈个恋爱吗？”

小佳点头如捣蒜。

09

爱你的人，是那个愿意等你慢热的人。

爱你的人，绝不允许让庸碌的生活吞掉曾对你许过的诺言。

爱你的人，想你所想，爱你所爱，会为完成你的梦想去努力。

一次不行，就再来一次。

对于爱情来说，不管最初的遇见有多少惊心动魄，随着时间的流逝，它一定会变得平凡、普通，甚至不起眼，那些得到之后就习惯忘却的人，实在领悟错了爱情的真谛。

可对一个习惯慢热、愿意付出等待的人来说，即使是去同他过最平淡无奇的生活，那滋味也一定独特。

我愿岁月平淡地和你在一起，却每一天都充满甜蜜。